どこからも彼方にある国

Very Far Away from Anywhere Else

アーシュラ・K・ル＝グィン

訳：中村浩美

たとえば、バスケの優秀選手に選ばれた少年が名誉と愛と富をつかみとる……そんな物語を読みたいんなら、この先は読まないほうがいい。

これから話すのはこの半年間の出来事だ。

その半年のあいだになにをやりとげたのか、自分でもよくわからない。なにかをつかんだという手ごたえはあるんだ。ただ、それがなんだったのか、わかるころには一生が終わっていそうだけど……。

ちなみに、バスケの優秀選手に選ばれたことは一度もない。まあ、それはバスケにかぎったことじゃないんだけどさ。子どものころはタッチフットボールが好きだった。戦術重視のスポーツってところがいい。もっとも、ぼくは相手の裏をかくのは得意でも、年のわりに小さかったし、決してすばしっこいほうでもなかった。

高校に入ってからは、スポーツはやっていない。高校の運動部ってところは、どうも堅苦しくてかなわない。団体行動を求められたり、ユニフォームの着用を義務づけられたりと、いちいち面倒くさいんだ。じつを言えば、スポーツの話をするのも好きじゃない。スポーツの話で盛りあがる連中は多いけど、自分の体を動かさず、話をするだけってのはかったるい。

なんにしても、この物語にはスポーツの話題はほとんど出てこない。

1

この文章は、テープレコーダーに声を吹きこんでから、それをそのままタイプしている。いきなり書きだしてもみたんだが、言葉がすんなり出てこなくて、おもしろみのない文章になっちまう。だから、こういう方法をとることにした。

ぼくの名はオーウェン・トマス・グリフィス。十一月に十七歳になった。

年のわりに背が低いのは相変わらずで、いまも百七十センチしかない。だが、それを言ったら、四十五歳になっても年のわりに背が低いままなんだろうし、気にするのもばかばかしい。

とはいえ、十二、三歳のころはすごく気にしていた。あのころはひとり飛びぬけて小さくて、正真正銘のチビすけだったんだ。十五歳のときに八か月で十五センチ伸びたけど、あれはめちゃくちゃつらかったな。膝なんか竹の切れ端を爪の下に突っこまれたみたいに痛んだ。だが、その時期を過ぎてみれば、以前よりはずいぶん大きくなっていたし、このまま成長が止まっても、まあ、いいかと思えるくらいにはなった。

どっちかと言えば小柄だが、まずまず平均的な体格で、目はくすんだ灰色、髪はふさふさしている。くせっ毛だから、短くカットしてもしなくても、いつも跳ね放題だ。毎朝ヘアブラシを手に格闘するが、勝てたためしがない。だが、この髪は気に入っている。なんたって気骨がある。

しかし、これから話すのは髪のことでもない。

ぼくは家族のなかで最年少。核家族のひとりっ子だ。ほかの子どもたちより一年早く学校に通いはじめたので、クラスでもいつもいちばん年下だった。入学を早めたのは、出来がよかったからだ。幼いころからずっと、年のわりに利口な子どもだった。四十五歳になっても年のわりに利口なままかもしれない。そのことはこのあとの話にもちょっと関係がある。

要するに、これはちょっとばかり頭でっかちな子どもの話なんだ。

まあ、小学生のうちはそれでもいい。だれも気にしやしない。本人だってそうだ。先生もたいていやさしくしてくれる。たぶん教えやすいからだろう。先生によってはそういう生徒に目をかけて、これも読むといいとおもしろい本をくれたりもする。

逆に利口な生徒が苦手という先生もいるが、たいていは問題児の世話に追われているから、ほかの生徒より読み書きや計算ができるからといって、こっちがいやな思いをさせられることもない。それに同じくらい頭のいい生徒はほかにもいるし、もっと頭のいい生徒だっている。たいていは女の子だ。そういう頭のいい生徒はクラスで演じる寸劇の台本を書いたり、先生に頼まれてリストを作ったりする。

幼い子どもは残酷だとよく言われるが、この年ごろの残酷さなんてかわいいものだ。子どもはただだとろいだけなんだ。頭がいいのも、そうでないのもみんな、ばかなことをしでかし、思ったとおりのことを言っちまう。本音を隠すってことをまだ知らない。それができるようになるのはもっとあと、一人前になって、人はみんなひとりなんだと気づいてからだ。

自分が本当はひとりぼっちだと気づいたとき、たいていの場合、まず感じるのはパニックだろう。そのあげく極端から極端に走って、なんでもいいからグループの一員におさまろうとする。同好会や運動部に入ったり、パーティだなんだと飛びまわったり、似た者同士でつるんだりする。

服装も急にまわりに合わせはじめ、目立たないように注意を払う。

嘘みたいな話だが、ブルージーンズの穴の継ぎの当て方とか、そんなことがとてつもない重大事となる。そこでへまをすると、はみだしてしまう。とにかくはみださないことが大切なんだ。

妙な言葉だよな。はみださない。なにから？　ほかのやつらから。みんなから。

平穏に過ごしたければ、多数派のなかにいることだ。ぼくはぼくじゃない。たとえば、バスケの優秀選手。人気者。ぼくの友人たちの友人。ホンダにまたがる黒いレザーのライダー。集団のなかの一員。ティーンエイジャー。なんであれ、個人の姿は見えない。見えるのは「ぼくたち」という集団だけだ。「ぼくたち」のなかにいれば、なにも恐れることはない。

ひとりでいるところを「ぼくたち」に見つかった場合、シカトされるだけですめばラッキーだと思わなきゃいけない。運が悪けりゃ、石を投げつけられる。なぜって、「ぼくたち」はジーンズの継ぎの当て方が人とちがうやつを見たくないからだ。そういうやつを見ると、本当はだれもがひとりぼっちで、だれひとりとして安心などできないことを思い知らされるからだ。

これでも努力はしたんだ。嘘じゃない。思いかえすのもいやなくらい必死にやった。ジーンズの継ぎあてだって、きっちりビル・エボルドのまねをしたさ。絶対にまちがいをおかすことのないやつだから。野球のスコア談義にだって加わった。学校新聞の編集委員になったこともある。これなら手っとり早く仲間入りできそうだと思ったんだ。

ところが、どれもうまくいかなかった。理由はわからない。ときどき社交下手な人間は知らず知らずのうちに特有のにおいをさせているんじゃないかと思うことがある。社交好きな連中はそのにおいを敏感にかぎとっているにちがいない。

なかには自分というものをほとんど見せないやつもいる。まさにグループのなかに溶けこんでしまっている。だが、たいていはそんなふうに振るまっているだけ、ふりをしているだけなんだ。ぼくがやろうとしていたのとまったく同じ。心の底までグループのカラーに染まっているわけじゃない。それでもうまくやっている。

ぼくだって、できるものならそうしたい。うまいこと偽善者になれるんならそうするさ。それでだれかが傷つくわけじゃないし、生きていくことがうんと楽になる。

ところが、これまでまわりをだませたためしはない。みんなと同じものに興味を持てないでいるのを見破られてしまうんだ。そのせいでつまらないやつと思われてきたし、こっちもそうやって自分を見くだすやつらを軽蔑してきた。そのくせ、まわりになじもうとしないやつらのことも嫌っていた。

九年生のとき、長身で、歯磨きの習慣がないのかってほど口臭がきつくて、いつも白いスポーツコートを着てくるやつがいた。そいつがどういうわけかぼくを気に入って、しきりに声をかけてきた。本来なら喜ぶべきだよな。それまでぼくと友だちになりたがるやつなんていなかったんだから。ところが、そいつときたら、あいつはグズだとか、こいつはマヌケだとか、そんなことしか言わない。こっちも相槌は打つものの、そんな話ばかりじゃうんざりするし、なんて鼻持ちならないやつなんだとあきれていた。そして、そんなふうにだれもかれも軽蔑している自分がまたいやになった。

いやはや、なんというバラ色の日々。この気持ちは同じ状況におかれたことがないとわかってもらえないだろうな。

まわりから浮きたくないから、オールAの優等生になるのは禁物だった。もっとも、その点はいつも体育が解決してくれていた。運動がとくに苦手ってわけでもなかったが、成績はD。ソープ先生ににらまれてしょっちゅうサボっていたからだ。

「しばらくキーツやシェリーを忘れることはできんのか、グリフィス？　ぼんやり突っ立ってるなら、せめてボールの行方くらいしっかり見て、い、ろ」

キーツやシェリーうんぬんは決まり文句だ。少なくともあとふたり、そっくり同じことを言われているのを聞いたことがある。ソープ先生はさも憎らしそうな口調で吐きすてるように「キーツやシェリー」と言う。

こんな言葉をぼくに浴びせるなんて、見当ちがいもいいところだ。ぼくが得意なのは数学と理科だってのに。

だが、ソープ先生の口調があんまり憎々しげなので、なんだか興味がわいてきて、一年のときの文学の教科書を引っぱりだして、キーツの「ナイチンゲールに寄せるうた」を読んだ。シェリーの詩は載っていなかったが、市の図書館で詩集を探して目を通し、あとから古本屋で同じ本を手に入れた。

つまり、ソープ先生はバスケを教えながら、『鎖を解かれたプロメテウス』を読むきっかけをくれたことになる。ありがとう、ソープ先生。

とはいえ、三限目のソープ先生の授業はやっぱり苦痛だった。

もっとも、ここが重要なのだが、口ごたえをしたことは一度もない。ただのひとことも。たとえば、こんなことは言わない。

「お言葉ですが、ソープ先生、ぼくはキーツやシェリーから気をそらしたくないんです。サインやコサインからも。ですから、どうぞぼくにはかまわず、球遊びをしていてください」

そういうことをやってのける生徒もいる。小学生のころ、黒人の七年生の女の子が数学の先生に食ってかかったことがあった。

「わたしの答案に触らないで。わたしはわたしのやり方で満足してるんだから、ほっといてよ！」

これは純然たる闘いだった。先生に非があったわけじゃない。ただ生徒に数学を教えようとしただけだ。それでも、その子は真っ正面から挑んでいった。その勇気がすごいと思った。いまでもすごいと思う。だが、ぼくにはできない。そんな度胸はないし、けんかをする習慣もない。

ただじっと受けいれて、逃げられそうなときに逃げる。

ときにはただじっと受けいれるだけでなく、笑みまで浮かべて、謝ってしまうこともある。

笑みが顔に広がるのを感じると、顔を引っぺがして踏みつぶしたくなる。

2

あれは誕生日の五日後のことだった。

十七歳と五日。十一月二十五日の火曜日。

雨が降っていた。

学校を出たら、土砂降りだったので、バスに乗った。席はひとつしか空いていなかった。ぼくはその席に座って、うなじからシャツの襟を引きはがそうとした。バス停で待っているうちにすっかり濡れてしまって、死神の冷たい手に首根っこをつかまれているような気分だったんだ。腰を落ちつけると、うしろめたくなってきた。

バスに乗っちまうなんて。

そう、バスに乗ったことがうしろめたかったんだ。バ、ス、に乗ったことが。まあ、聞いてくれ。ちっぽけなことで奈落《ならく》の底まで落ちこんじまうのが若者ってやつなんだ。

じつはこんなわけがあった。バスに乗ったのは誕生日の五日後だった。そこまではいいよな？

その誕生日なんだが、父さんがプレゼントをくれたんだ。それもめちゃくちゃ奮発して。ちょっと目を疑ったくらいだ。それこそ何年も前から計画して、金を貯めていたんだろうな。ぼくが学校からもどったら、プレゼントが待っていた。家の前にでんと鎮座していたんだけど、ぼくは気づきもしなかった。父さんに遠まわしにほのめかされても、まだ気づかない。それで父さんがしかたなくぼくを外に連れだして、プレゼントを見せたんだ。キーを渡してくれたときの父さんときたら、顔をくしゃくしゃにゆがませて、誇らしさとうれしさでいまにも泣きだしそうになっていた。

プレゼントとは、もちろん車だった。車名はふせておく。よく知られたブランドとだけ言っておこう。新車だった。時計やラジオといった付属品もすべて完備。父さんは一時間もかけて付属品をひととおり見せてくれた。

免許は十月に取得ずみだから、プレゼントが車でもべつにまずくはないんだ。車があれば便利だしね。母さんにお使いを頼まれたときや、買い物をしたいときには役に立つ。わが家の車は母さんに一台、父さんに一台。そこにぼくの車が加わった。三人家族に車が三台。理想的じゃないか。なにを困ることがあるんだって思うだろう？　それがあるんだ。ひとつだけ。ぼくは車なんてほしくなかったんだ。

だいたい、いくらかかったんだ？

たしかめはしなかったが、最低でも三千ドルはしたはずだ。父さんは公認会計士だ。必要もないものにそんな大金を払う余裕はうちにはない。

そんな金があるんなら、いっそマサチューセッツ工科大学に行かせてくれ。授業料の奨学金さえ受けられれば、一年やそこらはなんとかなるはずだ。

　父さんがきらきら輝く小さなドアを開けもしないうちから、そんな思いが頭をよぎった。こんなものを買うくらいなら、その金をとっておいてくれたらよかったのに。

　もちろん車を売るという手もある。すぐに売れれば、大きく元値を割ることもないだろう。そんな考えまでちらついたとき、父さんがキーを渡して、こう言った。

「さあ、こいつはおまえのものだ！」

　父さんの顔がまたしてもくしゃっとゆがんだ。

　ぼくは笑みを浮かべた。浮かべたつもりだった。

　父さんをだませたかどうかはわからない。だませたとすれば、はじめて人をだませたことになる。

どうかな。たぶんだませたんじゃないだろうか。なんたって本人がだまされたがっていたんだから。オーウェンのやつ、うれしくて口もきけないんだな、と信じたいんだ。こんな言い方をすると、父さんをばかにしているみたいだけど、そんなつもりで言っているわけじゃない。

もちろんさっそくふたりでドライブに出かけた。ぼくが公園まで運転していって、帰りは父さんに運転をゆずった。ハンドルを握りたくてうずうずしているみたいだったから。そこまではよかった。まずいことになったのは月曜日だ。ぴかぴかの新車で学校に行かなかったのがバレちまったんだ。で、きかれたわけだ。どうして車に乗らないんだ、って。

こたえようがなかった。自分でもよくわからないんだから。ただ、なんとなく感じていたのはこういうことだ。あの車を学校まで運転していって、駐車場に停めてしまったら、ぼくの負けだ。ぼくはあの車の所有者となり、同時にあの車に所有されることになる。付属品完備の新車の所有者というレッテルを貼られ、ほかの生徒に言われるだろう。

「おいおい、すごいな。新車のグリフィスか！」

鼻で笑うやつもいるだろうが、本気ですごいと思うやつもいるだろう。車ばかりか、これに乗っているぼくにまで一目おくようになるかもしれない。

だが、耐えられないのはそこなんだ。自分がどういう人間なのか、まだよくわからないけど、これだけは言える。ぼくは車を乗りまわすタイプの人間じゃない。徒歩で学校に通うタイプの人間だ。ちなみに学校までは近道をしても四キロ以上の距離がある。歩くのはいい運動になるし、歩きながら街のようすを眺めるのも大好きだ。歩道、建物、行きかう人々。車に乗って、前の車のブレーキランプが点滅するのを見ていたって、おもしろくもなんともない。

なにはともあれ、ぼくは学校には車に乗っていかないことにした。つまり、そこで線引きをしたんだ。その線が目につかないようにうまいことごまかす努力もおこたらなかった。土曜日には母さんのお使いで車を運転したし、日曜日にはこっちから「ぼくの新車」で田舎へドライブに行こうと両親を誘った。それなのに、月曜日の夜、父さんが線に気づいてしまったんだ。学校まで車で行かなかったのか？　なぜなんだ？

そんなわけで、火曜日、ぼくはうしろめたさを覚えながらバスに乗っていた。歩くことさえせずに。昨夜は、「歩くのが好きなんだ。医者も歩くのは人間の体にいちばんいい運動だと言ってるしさ」なんて力説したくせに、二十五セントも払ってバスに乗っている。側面に白い帯が入ったスティールラジアルタイヤの三千ドルの車はうちの前、バス停の真ん前にほったらかしだというのに。

ぼくはバスの窓から外を眺めた。

雨の降りはどうだろう？　徒歩で帰らない言い訳になるくらい降っていてくれるだろうか。

大丈夫そうだ。

雨は激しく降りしきり、窓が模様入りのすりガラスに見えるくらいだ。それでも、うしろめたさは消えなかった。今夜もまた父さんに問いただされるだろう。「学校まで車で行かなかったのか？　なぜなんだ？」それを思うと、体がこわばってくる。

そのとき、窓側の席に座っているのが同じ学校の生徒だと気づいた。

「やあ」

ぼくが言うと、相手もこたえた。

「こんにちは」

ナタリー・フィールドだ。知らない相手なら声をかけずにすんだのに、ツイていない。

フィールド家は二年前からぼくの家と同じ通りの二ブロック先に住んでいる。ナタリーとは二年と三年のときに同じクラスを受講したことがあった。長い黒髪のおとなしい女の子で、校内で姿を見かけることはあまりない。なにか音楽をやっているという話だった。ナタリー・フィールドについて知っているのはそのくらいだ。

きれいな子だな、と思った。もっとも、ぼくの目にはたいていの女の子がきれいに見えるから、ほかの人の目にどう映るかはわからない。美人と呼ばれるタイプではないかもしれない。ちょっとがっしりした印象だし、顔つきが生真面目すぎる。

それでも、やっぱりきれいな子だ。みんな気づいていないだけだ。ナタリーがまわりをあまり気にしていないから、こっちもつい見すごしてしまうんだろう。だけど、このときはちがった。ぼくはナタリーがきれいだと気づいた。ナタリーがこっちを見たからだ。

そりゃそうだ。ぼくのナップサックのフラップがびしょ濡れで、ナタリーの膝にしずくがぽたぽた落ちていたんだから。

ぼくはあわててナップサックをどかした。今度はぼくの腿《もも》が濡れはじめる。

「ごめん。動脈が切れただけだから、すぐに止まるよ」

いま思うと、不思議でならない。このぼくがあんなことを言うなんて。

いつものぼくなら、小声でもごもご謝りながらナップサックをどかして、それで終わっていたはずなのに。

たぶんあのときはよっぽど自分自身にうんざりしていたんだろう。車のことはうしろめたいし、むしゃくしゃするし、さみしくてたまらない。十七歳になったからって、いいことなんかなにもない。

十六歳のころとなにも変わらないどころか、前より悪くなったような気さえする。

そんなこんなでほとほと嫌気がさしていたから、自分らしくもないことをしてしまったのかもしれない。なんでもいいから逃げ道がほしかったんだ。それでよく知らない女の子とふざける気になったんだろう。

でなければ、ナタリーにそんな雰囲気があったのかもしれない。思わず話しかけたくなるような雰囲気、気負いなく話しかけられそうな雰囲気が。

あるいは、だれかと出会うべくして出会ったときには、意識はしていなくても、心のどこかで察知しているものなのか。自分でもよくわからない。

ナタリーは笑いだした。心からの笑いだ。ちょっと驚いたようすで、くすぐったそうに笑う。ぼくは気をよくしてさらに続けた。

「腿の動脈からだと七秒か十五秒だな。どっちだったか忘れたけど」

「なにが？」

「失血死だよ。うぐぐぐぐっ」

ぼくは座席に身を沈め、死んだふりをした。それから、背筋を伸ばして言った。

「うわっ、襟がびしょびしょだ。アイスパックみたいだ」

「髪もびしょ濡れよ、襟にしずく《ドリップ》がしたたってる」

「ぼくはクズ《ドリップ》だからね」

本当にそんな気分だった。

「ねえ、セノッティ先生の歴史はとってる？　あの先生、どんな感じ？」

「いい先生だよ。厳しいし、気も短い。たぶんごう慢《スノッティ》なんてあだ名をつけられたせいだな。そりゃ、怒りっぽくもなるって」

「社会科学の講義をもうひとつとらなきゃいけないの。やさしい先生がいいんだけど」

「じゃあ、ごう慢《スノッティ》先生はやめたほうがいいな。ヴレベク先生にしたら？　映画を見て終わりだよ」

「ヴレベク先生の講義ならとってたわ。でも、やめたの。まさにそれが理由。ああ、もう、どうしよう。ったく！」

ナタリーはそう言った。本当に言った。文字どおり、「ったく！」って。しかも、けっこう荒っぽい口調で。

「楽をして単位がとれるような授業って、好きになれないのよ。かといって、まともな授業をしてくれる先生だと、こっちもちゃんと勉強しなきゃいけないでしょ。そんな暇はないし、どうしよう」

ぼくに話すというよりは自分に言いきかせているみたいだったけど、ぼくは思わず耳をそばだてた。幼稚園から数えて十二年、楽をして単位がとれるような授業が好きじゃないなんて言ってのける人間にはお目にかかったことがない。

「なんでそんなに時間がないんだ？　脚でもちぎれて、腿から出血してるとか？　だったら、いいかい？　あせっちゃだめだ。あと十五秒あるんだからね」

ナタリーはまた笑い、こっちを見た。ほんの一瞬だったが、たしかに見た。自分がぼくの目にどう映っているのかたしかめるためじゃない。ちゃんとぼく自身を見たんだ。こんなことって、めったにない。

その時点ですでにこんな印象を持った。彼女は人からおもしろいことを言われたことがあまりないんだろう。だれかがおどけて笑わせてくれることに慣れていない。だけど、それがうれしかったんだ。

ただ奇妙なことに、ぼくもおどけることに慣れているわけではなかった。よく知らない人――つまり、両親とマイク・ラインハードとジェイソン・ソーアを除く全人類――といると、まったく口をきけなくなるか、しらけることを言ってしまって、会話を凍りつかせるかのどっちかだ。それでもぼくは男だし、この年ごろの男がばかげた振るまいをするのは本能的な行動パターンじゃないかな。女の子はよく笑うけど、本人たちはたいがい真面目だ。

ところが、男子ときたら、ふざけまわって、なんでもジョークにしてしまう。ほら、マイクとジェイソンはだれよりも友人に近い存在だけど、本当のところはもっぱらジョークを言い合うだけの仲、そんな感じなんだ。だから、なにごとにも真剣になっちゃいけない。

むきになって話すのはスポーツのスコアくらいだ。セックスの話もよくするが、それも真面目には話さない。卑猥《ひわい》なジョークを飛ばすか、悪趣味なたとえ話をするかだ。セクシャルエンジニアになりきって、技術用語を駆使し、女の人が交換可能な部品でできた機械であるかのように語るんだ。ぼくは卑猥なジョークなら得意だが、技術用語のほうはかなりあやしかった。

白状すると、十五歳になっても、まだ「女の子とうまくやる」という言葉の意味を知らずにいた。デートに出かけて、映画やパーティで楽しく過ごすことだと思っていたんだ。言っておくが、性の知識はあった。ただこの言いまわしと性行為が結びついてはいなかったんだ。だから、ぼくより早熟だったマイクがついにカノジョとうまくやったと自慢しだしたとき、こう言ってしまった。

「へえ、なにをしたんだ？」

マイクはあきれたような目をして言った。

「なんだと思ってんだよ」

あのときほど自分がマヌケに思えたことはなかった。こうしてテープレコーダーに声を吹きこんでいても、顔から火が出そうになる。当然ながらマイクはこの話を言いふらした。笑い話としては最高のネタだ。

だが、それもやがては忘れられた。

ぼくは相変わらず卑猥なジョークをひねりだし、マイクやジェイソンとふざけつづけた。そのかいあってかランチをひとりで食べるという憂き目は見ずにすんだ。

ユーモアと真面目さについてもうひとつつけくわえておくと、この原則は永遠に不変というわけじゃない。

年をとった女の人がものすごくおかしなことを言うこともあるし、年のいった男がカチコチの真面目人間になってしまうこともざらにある。現に父さんにはユーモアのかけらも残っていない。いい人なんだけど、おもしろいと感じたことは一度もない。だが、母さんはちがう。友だちのビヴァリーと台所でげらげら笑っているのを聞いたことがある。ふたりは酔っぱらいのように体をあちこちぶつけながら、息を切らして笑っていた。ビヴァリーがなにかばかなことをしたらしい。ふたりがヒーヒー言っているのを聞いているだけで、こっちも楽しくなってきて、わけもわからず笑いだしてしまった。

ともあれ、つまらないジョークで女の子が笑ってくれたもんだから、ぼくは調子に乗ってジョークを飛ばしつづけた。

「きみにはアスピリン二錠と止血帯が必要だな。明日、ちぎれた脚を持ってきてくれ。三本脚のケンタウルスがいるから、移植させてもらうよ」なんて具合にさ。本当につまらないジョークだったけど、ナタリーは笑ってくれた。ついにジョークのネタがつきたところで、ぼくは言った。

「だけど、どうして時間がないんだ？　アルバイトでもしてる？」

「楽器を教えてるの」

ナタリーがなんの楽器をやっているのか思いだせなかったが、本人にきくのも野暮ってもんだ。

「楽しい？」

ナタリーは肩をすくめ、顔をしかめた。

「まあね。音楽だもの」

まるで「まあね。生きていくためだもの」という決まり文句みたいな言い方だ。だが、意味合いはまったくちがう。

「将来はそっちに進みたいんだ？　音楽の先生になるの？」

「よしてよ」

ナタリーの口調は「ったく！」と言うときと同じ感じだった。

「先生はやらない。音楽だけ」

ターザンのように猛々《たけだけ》しい口調だった。といっても、その猛々しさはぼくにむけられていたわけではなかった。ナタリーは美声の持ち主だ。よく澄んだ、やわらかい声で、そのなかに猛々しさがある。ぼくはさっそくサルのまねをしてみせた。

「先生はやらない。ウホッウホッ、先公なんか殺しちまえ。こいつはうまいぞ、むしゃむしゃむしゃ。先生はやらない。ああ、食った、食った。丸々太った先生で腹がふくらんだ」

「先生なんて不潔だし、骨と皮しかないわよ！」

通路のむこうにいた男が「シベリア捕虜収容所へ送ってやるぞ」という目つきでにらみつけてきた。そういう目つきでにらまれると、連帯感が生まれるものだ。

「そっちはなにになりたいの？」

「ウホッウホッ、プロのゴリラさ。家政科の毛づくろいの上級講座を受けてるところだ」

ぼくはナップサックの毛づくろいを実演し、とったノミをきれいに平らげた。

「ぼくは先生にでもなろうかな」

どういうわけかこのひとことがサルのまねよりもおかしくて、ふたりして笑いだした。

「本気？」

「いや、わからない。たぶん。まあ、どの大学に行くかによるんじゃないかな」

「どこに行きたいの？」

「ＭＩＴ」

「それって、医科大学《メンタル・インスティチュート》？　えっと……テキサスかどこかの？」

「マサチューセッツ工科大学だよ。それかカリフォルニア工科大学だな。科学をやりたいんだ。広大な研究施設があってさ、マウスがいて、白衣の研究者たちが宇宙の秘密を探ろうと日夜いそしんでる。フランケンシュタインの怪物みたいなのがいてもおかしくない。そういうところに行きたいんだ」

「そう」

ナタリーの言葉は問いかけるのでもなく、わかりもせずに相槌だけ打っているというのでもなかった。ばかにするのでもなく、意味もなくこたえたのでもない。きっぱりとした口調だった。そう。そうなのね。

「すてきね」

「費用もかかるけどね」

「そんなのなんとでもなるわよ」

「どうやって？」

「奨学金をもらうとか、バイトをするとか……。だから、わたしも音楽を教えてるのよ。今年の夏はタングルウッドに行きたいの」

「タングルウッドってニューサウスウェールズの？」

ナタリーは吹きだした。

「音楽学校みたいなものよ」

「なんだ、テキサス医科大学の近くにある学校か」

「そうそう」

ぼくの降りる停留所に着いた。ぼくは立ちあがった。

「じゃあ、また」

ナタリーも言った。

「じゃあ、また」

ぼくは雨のなかへ降りたった。

降りたあとで気がついた。あと二ブロック、ナタリーの停留所まで乗っていって、会話をきちんと終わらせればよかった。あれではあまりにあっけない。

バスが走りだすと、ぼくは雨のなかで跳びはねてサルのまねをしたが、ナタリーは反対側の席にいた。見ていたのは例のシベリア捕虜収容所の所長だけで、その彼もいやなものを見たとでもいうように、すぐに目をそらした。

3

バスのなかでナタリーとかわした会話をここまで詳しく語ったのは、このなんでもない会話がぼくにとってはとても大切だったからだ。それって、大切なことだと思う。なんでもないことが大きな意味を持つこともあるんだ。

大切な出来事っていうのは、厳粛で、壮大で、音量をしぼったヴァイオリンの音色が背景に流れているものだとつい思ってしまいがちだ。だが、本当に大切なことはありきたりの些細な出来事や決断だったりするし、音楽やスポットライトや制服がそろっているようなときにかぎって、なにごとも起こらないものなんだ。そういうことって、普段はなかなか気づかないんだよな。

あの会話のあと、頭にこびりついていたのはたったひとことだった。いちばんありふれた、意味のない言葉だ。あのときのナタリーの表情でも、まなざしでも、ぼくのおどけた振るまいに笑ってくれたことでもない。むしろそのすべてがあのひとことに、「そう」というあのひとことに凝縮されて心に焼きついている。あのときのナタリーの口調は迷いがなく、きっぱりしていた。そう、そうするのね。まるで石のようだった。氷のように溶けることも、ガラスのように割れることもない、不変のもの。自分の頭のなかをのぞきこむたび、この石が見える。

ぼくには石が必要だった。しがみつけるもの、寄って立つことのできるもの、なにか確固としたものがほしかった。なぜならすべてがもろく崩れさろうとしていたからだ。ふやけて、ぬかるみ、霧と化そうとしていた。霧がまわりをとりまき、迫ってくる。もはや自分がどこにいるのかわからない。

状況は悪くなるばかりだった。いまに始まったことじゃない。もうだいぶ前からこうだったと思う。だが、あの車が決定打となった。

要するに、父さんはあの車を与えることで、こう言ったも同然なんだ。

「おれはおまえにこうなってほしいんだ。車に目がないごく普通のアメリカ人のティーンエイジャーに」

あの車を与えられたことで、ぼくは言いたいことを言えなくなった。本当はこう言ってやりたかったのに。

「やっとわかったんだ。そんなのはぼくじゃないし、絶対にそんなふうにはなれない。それより本当の自分を見つけるのを手伝ってほしいんだ」

だが、それを伝えるには、こう言わなきゃいけない。

「そんなものいらないよ。引っこめてくれ」

そんなことができるか？　父さんが心をこめて用意したプレゼントなのに。これが父さんにできる最高のプレゼントだったんだ。それを突っぱねるなんて、「父さんなんかいらないよ。引っこんでてくれ」と言うようなもんじゃないか。

母さんはすべてを察していたんだろうけど、だからといって味方をしてくれたわけじゃない。母さんはいつだってよい妻だったし、いまもそうだ。母さんにとっては、よい妻であり、よい母親であることがなにより大切なんだ。

実際、よい妻で、よい母親だと思う。父さんの気持ちを傷つけるようなことは断じてしない。もちろん父さんをからかうことはあるが、ばかにしたり、こきおろしたりはしない。よその家ではよくある話らしいが、母さんはちがう。大きな問題が生じたときには必ず父さんの意見を支持する。父さんのすることにまちがいはないというのが母さんのスタンスだ。

母さんは家を掃除し、おいしい料理を作り、クッキーやシリアルまでこしらえてくれる。洗ったシャツが必要なときにはちゃんと用意されているし、筋ジストロフィーや小児まひの救済募金運動に協力を求められれば、まとめ役を引きうけたり、戸別訪問をして募金を集めたりする。

平穏に暮らす小家族のちっぽけな家を切り盛りするくらい、どうってことはないと思うかもしれないが、一年か二年、やってみるといい。

母さんはせっせと家事をこなすし、頭も使う。だが、困ったことにそれ以外のことをしたがらない。よい妻、よい母親以外のものになるのがこわいんだ。といっても、べつに自分のことを心配しているわけじゃない。ほかのことにかまけて家族の世話をおろそかにすれば、ぼくたちを裏切ることになり、よい妻でもよい母親でもなくなってしまうと思いこんでいるんだ。

いつも当たり前のようにぼくたちのそばにひかえていて、小説を読む時間さえ惜しんでいる。たぶん母さんが小説を読まないのは、おもしろい小説に出会ってのめりこんだら、心がここから離れてしまうからだろう。そうなったら、ぼくたちのことを忘れてしまう。それは母さんにとっては、あってはならないことなんだ。

だから、母さんは雑誌しか読まない。それも料理とか、インテリアとか、自分は行きたくもない場所へのリッチな休日旅行なんかをあつかったものばかり。

父さんはよくテレビを見るが、母さんはろくに見ていない。リビングルームに父さんと並んで座っていても、縫い物や刺繍をしたり、家事の段取りを考えたり、募金運動のリストを作ったりとまめまめしい。しかも、ほかにすることができれば、さっさと腰を上げてとりかかる。

そんな母さんだが、ぼくを甘やかすことはなかった。ひとりっ子だから、親の関心は自然とぼくに注がれたが、それだけだ。

小さいころは本ばかり読んでいるのをよく注意された。もっとも、十二、三歳のころには母さんのほうが根負けしたらしく、なにも言われなくなった。部屋の掃除は物心がつく前から自分でやっていたし、庭仕事も手伝っていた。芝の手入れやゴミ捨てはぼくの仕事だった。どれも男の仕事ばかりだ。洗濯機や乾燥機の使い方は、母さんが手術を受けて、それから二週間ばかり階段を上れなかったときにはじめて覚えた。

父さんはいまも使い方を知らないんじゃないかな。そういうのは女の仕事と考えているんだ。まったく笑っちゃうよな。機械マニアのくせにさ。おかげで、わが家の家電製品はどれもわけのわからない機能やアタッチメントが山ほどついている。ありきたりのモデルでは、母さんに申し訳ないと思っているらしい。だけど、家事用の機器を動かすのはもっぱら母さんだ。故障すれば、修理屋を呼ぶ。父さんはなにかがイカれたと聞かされるのが好きじゃないんだ。

ぼくが車の話を切りだせないのもそのせいだ。この件では本当にまいってしまって、頭のなかがガタガタなんだ。あれは終点だった。降りるしかなかった。ところが、降りた先は雨と霧で閉ざされていて、ぼくがサルみたいに跳びはねても、だれにも見てもらえないし、声も聞いてもらえない。

ともあれ、あの日、ぼくはバス停から家にもどった。母さんは台所にいた。ミキサーでなにかを混ぜている。ぼくを見て声をあげたようだが、ミキサーの音がやかましくて聞こえなかった。ぼくは自分の部屋に上がり、ナップサックを下ろすと、襟の濡れたコートを脱いだまま立ちつくした。雨が屋根をたたいている。

「ぼくは知的な人間だ。ぼくは知的な人間だ。ぼくは知的な人間だ。どいつもこいつもくたばっちまえ！」

自分の声が信じられないくらい弱々しく聞こえた。たいしたもんだ！ぼくは知的な人間だったのか。ほかになにかないか？

霧にすっかり閉じこめられたのはそのときだった。そして、同時に例の石を見つけたんだ。

本当にそんな感じだった。この手でかたく丸い石を包みこんだかのようだった。バスでいっしょだった女の子が言った「そう」という言葉は、かたく丸みのある声で発された。そう。いいじゃない。ありのままのあなたでいいのよ。

それならばと、雨に濡れた髪をタオルで拭いたあと、机の前に座り、オーンスタインの『意識の心理』をまた読みはじめた。それがぼくのしたいことだった。人間がどのようにものを考えるのか。人間の脳がどんなふうに働くのか。そういうことを考えるのが好きなんだ。

だが、それも長くは続かず、石を手放してしまった。夕食のとき、父さんが新車を手に入れたら慣らし運転をしたほうがいいと言いだしたせいだ。

「毎日、適度のスピードで運転するんだ。登下校に乗っていけば、いい慣らし運転になる。一週間ばかり拝借して通勤に使わせてもらいたいくらいだ。買ったばかりの車に乗らずに放っておくのはよくないんだぞ」

「わかった。父さんが使ってよ」

やっちまった。父さんの顔がこわばった。

「車がほしくないなら、なんで言わなかった？」

「車がほしいかなんてきかなかったじゃないか」

父さんの顔がますますこわばった。握りこぶしのようにかたい表情だ。

「まだほとんど運転していないし、いまならディーラーが引きとってくれるだろう。もろちん全額はもどらんだろうが、しかたがない。新車として売るわけにもいかんからな」

「あらあら、ばかなことを言わないで」

母さんが割って入った。

「オーウェンは来年には州立大学に行くのよ。車がなかったら、毎日どうやって行き来するの？　バスじゃ、片道一時間もかかるのに。ねえ、ジム、なにもいますぐ車に乗る習慣をつけさせなくてもいいじゃない。あなたが会社へ乗っていきたいなら、そうしたら？　でも、来年にはこの車が大活躍することになるわ！」

ナイスフォローだ。

母さんは本当に頭が切れる。父さんが息子に車をプレゼントしたことに対して、たったいま実用本位の理由を提供したんだ。口実、あるいは正当性と言いかえてもいい。

州立大学は街のはずれにある。ぼくたちの家からは十五キロほどの距離だ。来年、そこに通うなら、もちろん車が必要になる。

ただし、ひとつだけ問題がある。ぼくが行きたいのは州立大学ではないんだ。

だが、そんなことを言いだせるか？

「もっと遠くの大学へ行きたいんだ」なんて言ったら、またしてもぶち壊しだ。親子げんかの第二ラウンドに突入してしまう。というのも、母さんはぼくが州立大学に行くものと決めこんでいるんだ。頭からそう決めつけてしまっている。

母さんも州立大の出身で、そこで父さんと出会い、三年のときに中退して結婚した。親友のビヴァリーと知り合ったのも州立大の女子学生クラブだ。州立大なら勝手がわかっているし、あそこなら安全だと思っている。

ぼくが行きたいところはどこも安全じゃない。ここから遠いし、あっちで起きていることは母さんには理解できないだろう。なにしろむこうは急進的な思想を持つ者やリベラルな考え方をするインテリたちであふれていて、さまざまな社会運動が起こっているんだから。

ぼくは州立大学のほかにMIT、カリフォルニア工科大学、プリンストンにも願書を出した。父さんが奨学金の申請書を記入し、受験料を払ってくれた。申請書の様式はずいぶん面倒くさいもので、しかも四通ずつ用意しないといけなかった。しかし、公認会計士の父さんは苦にするようすもなく、読みやすい文字でありのままに記入した。受験料もこころよく払ってくれた。たぶんぼくの果敢なチャレンジを誇らしく思っているんだろう。きっと勤務先でも息子がプリンストンを受けると吹聴しているにちがいない。

たしかに自慢にはなる。しかも、実際には行かないとわかっているんだから、気楽なもんだ。

だが、父さんが母さんになにか話したようすはない。母さんもなにも言わない。九十ドルも余分に受験料を払いたいんなら、どうぞどうぞご勝手に。でも、オーウェンは州立大に行くんですからね、なんて思っているのかもしれない。

母さんが州立大を推すのには現実的な理由もあった。じつに堅実な理由だ。州立大ならうちでも授業料を払えるんだ。

ぼくはなにも言わなかった。言えるはずもない。あごがこわばって動かなくなり、口にしていた牛肉も飲みこめなくなった。蒸し焼きにしたすじっぽい肉のかたまりがそっくり口のなかに残っている。しかたがないので、肉を頬の内側に押しやって、牛乳をのどに流しこんだあと、無理にあごを動かして、やっとのことで飲みこんだ。やがて夕食を終えると、部屋にもどって宿題を始めた。

だが、まるで集中できなかった。

なぜ勉強しなくてはいけないんだ?

なんのために?

州立大なら勉強しなくても入れる。勉強しなくても卒業だってできるだろう。そのあとは会計士か税務調査官か数学教師にでもなればいい。出世して、身をかためて、マイホームを購入し、勉強することも頭を使うこともないまま年をとって死んでいく。それでいいじゃないか。みんなやっていることだ。自分だけがそんなに特別だと思っているのか？

部屋にずらっと並んだ本が目ざわりだった。こんなもの見たくもない。

ぼくは一階に下りていった。

「ドライブに行ってくる」

さっきの牛肉のかたまりの幻がまだ口のなかに残っているような気がした。ぼくは外に出て、車に乗った。キーは日曜日から差したままになっていた。父さんも気づかなかったみたいだ。二日もこの状態で放置されていて、よく盗まれなかったものだ。いっそ盗まれてしまえばよかったのに。

ぼくはエンジンをかけ、通りをゆっくり走りだした。

いざ、慣らし運転だ。

二ブロック先のフィールド家の前を通りすぎた。

そうだよな。いまならわかる。あの夜のぼくはどうかしていた。本当にどうかしていた。

臨界点をちょっと超えてしまったんだ。まさかこのぼくがあんなことをしでかすなんて。なにしろ車に目がないごく普通のアメリカ人のティーンエイジャーが恋に落ちたらやらかしそうなことをやっちまったんだから。

車をバックさせてフィールド家の前まで引きかえし、玄関のドアをノックして、ナタリーのお母さんに言ったんだ。

「ナタリーはいますか?」

「いま、お稽古中なのよ」

「ちょっとだけ会わせてもらえますか?」

「きいてみるわね」

ミセス・フィールドはきれいな人だった。ぼくの両親より年はいっている。ナタリーと同じように生真面目な顔つきをしているが、もっと美人だ。ナタリーも五十歳になったら、このくらいきれいになるんだろう。川の流れに洗われた花崗岩《かこうがん》のように角がとれ、磨きあげられた美しさだ。ミセス・フィールドは親しみやすくも親しみにくくもなかった。ぼくを喜んで迎えるという感じでもないが、迷惑がっているふうでもない。落ちついた物腰で、ただ事実を述べたにすぎない。

ミセス・フィールドは脇にどいて——外はまだ雨が降っていたので——ぼくを玄関のなかへ入れた。だが、そこから先へ招きいれようとはせず、二階へ上がっていった。ナタリーの奏でる音色が聞こえてくる。

あれはヴァイオリンだろうか。ものすごい音量だ。

この家はうちより大きいし、古くて壁も厚いのに、じつによく響く。大きく、甘く、強く、急くような音が、川が岩をかすめて流れていくように音階を駆けおりて、明るく激しい音色を響かせたかと思うと、ぴたりとやんだ。いや、これはぼくが中断させてしまったんだよな。

二階からミセス・フィールドの声が聞こえてきた。

「グリフィスさんのところの子よ」

ミセス・フィールドがぼくのことを知っているのは、この春、母さんに誘われて募金運動に参加し、打ち合わせのためにうちに出入りしていたからだ。

ナタリーが下りてきた。顔をしかめている。髪はぼさぼさだ。

「こんばんは、オーウェン」

海王星の軌道くらい離れたところから言った。

「ごめん。練習のじゃましちゃったな」

「気にしないで。いったいどうしたの？」

ぼくは新しい車でドライブに行かないかと誘うつもりだったのに、そうは言いだせなかった。

「わからない」

牛肉の幻がもどってきて、口いっぱいに広がった。

ナタリーはぼくの顔を見た。どうにも気まずい空気が流れたあと、たずねた。

「どうかしたの？」

ぼくはうなずいた。

「具合が悪いの？」

ぼくは首を振った。首を振ったら、少しだけ頭がすっきりした。

「混乱してるんだ。親とやりあっちゃってさ。まあ、いろいろと。とりかえしがつかないようなことじゃない。だけど。だけど、話がしたかったんだ。あのさ、いや、でも、なんでもない」

ナタリーは戸惑っているようだった。

「牛乳でも飲む？」

「食事をしたばかりだから」

「じゃあ、カモミールティーは？」

「なんかピーターラビットみたいだな」

「入って」

「じゃまはしたくないんだ。けど、聴きたいな。座って練習を聴かせてもらってもいいかな？　それとも、気が散る？」

ナタリーはためらってからこたえた。

「そんなことはないけど、本当に聴きたいの？　だって、退屈よ？」

ぼくたちは台所に行って、ナタリーがいれた変な味のお茶を飲んだ。そのあと、階段を上って、ナタリーの部屋に行った。

なんという部屋だろう。

フィールド家の壁はどこも地味な色合いで、飾り気がなかった。落ちついた雰囲気ながらとっつきにくいところは、ミセス・フィールドに似ていなくもない。

けれど、この部屋はとくに殺風景だった。ぼろぼろにすりきれて、もとの色もわからないような東洋風の敷物が一枚、グランドピアノが一台、譜面台が三つ、椅子が一脚。窓辺には音楽関係の本が並べてあった。ぼくは敷物の上に座った。

「椅子に座ったら？　わたしは立って練習するから」

「ここでいいよ」

「そう？　いまバッハを練習してるの。来週のオーディション用にデモテープを吹きこまなきゃいけないから」

ナタリーはピアノの上から弦楽器をとりあげると、あごにはさんだ。ヴァイオリン奏者がよくやる、あの奇妙な構えだ。サイズからすると、ヴァイオリンではなく、ヴィオラのようだ。ナタリーは弓に松やにを塗ると、譜面台の楽譜を見つめ、演奏を始めた。

これは普通のコンサートではなかった。まず天井がやたらに高く、がらんとした部屋なので、音ががんがん響き、骨までビリビリする。あとでナタリーが言っていたが、ミスをしたとき、はっきり聞きとれるので、練習にはもってこいの部屋なんだそうだ。

ナタリーはしかめ面をして、ぶつぶつ言ったかと思うと、同じところを何度も何度も繰りかえし練習していた。ぼくが入ってきたときに練習していた、あの急きたてるようなフレーズを十回、いや十五回も繰りかえしただろうか。その先まで進むこともあったが、すぐに同じところにもどって弾きなおす。そのたびに少しずつ弾き方が変わった。そうこうするうちにようやく二度続けてそっくり同じに弾くことができた。これでいい。ナタリーは演奏を続けた。やがてその楽章全体を弾きおわった。例の部分も先の二度と同じように弾けた。よし。うまくいった。

音楽と思考がこんなに似ているなんて、いままで思いもよらなかった。だが、じつのところ、音楽もまた思考のひとつの方法であり、思考も一種の音楽であると言える。

科学者には忍耐が必要だとよく言われる。科学者の仕事の九十九パーセントは単調な骨折り仕事をきちんきちんと行い、確認していくことの繰りかえしだ、と。たしかにそのとおりだと思う。

昨年、よい先生にめぐりあった。生物のキャプスウェル先生だ。春の学期のあいだ、ぼくは放課後も学校に残って、先生と実験を行っていた。バクテリアの研究だ。ナタリーのヴィオラの稽古とまったく同じ。すべてを正しく行わなければならない。最終的にすべてが正しく行われたとき、なにが起こるのかはわからない。それを突きとめるためには、すべてを正しく行うしかないんだ。

ぼくたちがやろうとしていたのは、昨年、『サイエンス』誌に報告された実験を検証することだった。ナタリーがやろうとしているのは、二百五十年前、バッハがドイツの教会で奏でた音楽を再現することだ。最初から最後まで正しく演奏できたとき、はじめてそれが正しい弾き方だとわかるのだろう。そうやって真理を突きとめるんだ。

たぶんそのことを理解できたのがその日いちばんの収穫だったと思う。

四十分ほど練習したあと、テンポが速く、厄介なところに差しかかった。ナタリーはしばらく悪戦苦闘していたが、しまいには癇癪《かんしゃく》を起こし、ギーッと不快な音を鳴らすと、練習を投げだした。ナタリーも敷物の上に腰を下ろし、ふたりで話しこんだ。ぼくが音楽と思考の共通点を話すと、ナタリーは興味津々といったようすできききかえしてきた。

「でも、科学者は感情を思考から締めださなきゃいけないんじゃないの？音楽の場合は感情も思考もいっしょなんだけど」

ぼくにはそうも思えなかったが、科学ではどうなのかたしかなことはわからなかった。そこで、キャプスウェル先生と行った実験のことを話し、それがどれほどすばらしい経験になったかを説明した。

というのも、思考に興味を持つことを当たり前に受けとめてくれたのはキャプスウェル先生がはじめてだったからだ。理科室でキャプスウェル先生と実験を行っていると、はぐれ者のように感じることも、自意識過剰になることも、自分が偽物に感じられることもなかった。こんなことははじめてだった。だからこそ、気づいてしまった。どんなにがんばっても、自分は社交的にも、人気者にも、グループの一員にもなれそうにない。だったら、そんな努力はすっぱりやめてしまおう。そう思ったんだ。

ところが、キャプスウェル先生は夏のあいだにべつの学校に移ってしまい、秋に新学期が始まると、学校はそれまで以上に耐えがたい場所になっていた。無理に学校になじもうとする努力さえやめてしまったので、もうなにも残っていないんだ。もちろんその夜はそんなことまで打ち明けたわけではなかったが、学校の話はした。まわりに合わせることや、人とちがったことをするのがなぜむずかしいのかといったことも。すると、ナタリーはこう指摘した。

「選択肢がふたつしかないみたいな言い方をするのね。自分がほかの人のようになりたいと思うか、ほかの人が求める自分になるか。自分から望んでまわりに合わせるか、まわりに言われるがままに合わせるか、ふたつにひとつしかないと思いこんでない？」

そこで、ぼくは車のこと、大学のこと、両親のことを話した。ナタリーはじっと耳をかたむけていた。車のことはすごくよくわかると言ってくれたが、大学のことはぴんとこないようだった。

「ちょっと待って。本気で自分に合った大学に行くのをあきらめて、行きたくもない大学へ行くつもりなの？　ねえ、どうして？」

「親がそう望んでるからさ」

「でも、オーウェンの望みとはかけはなれてるんでしょ？」

「いや、だって、お金のこともあるし」

「学資ローンを組むなり、奨学金をもらうなりすればいいじゃない」

「競争率が高いだろ？」

「なにを言ってるのよ！」

ナタリーは軽蔑するように言った。

「だったら、競争を勝ちぬけばいいじゃない。挑戦あるのみよ。ちがう？」

ナタリーはこっちがこたえにつまるようなことを言う。

ぼくの両親もこたえにつまることを言うが、理由はちがう。両親の言葉にこたえにくいのは、両親と話していても、話がかみあわず、真の要点にたどりつけないからだ。一方、ナタリーの言葉にこたえにくいのは、先に要点を言われてしまうからだ。だが、少なくとも牛肉の幻と格闘している気持ちにはならずにすんだ。

ミセス・フィールドがべつの種類のハーブティーを持ってきてくれた。

ぼくたちはさらに話を続けた。これといった中身のない、友だち同士の会話だ。ぼくは十時半に引きあげた。ナタリーももう少し練習したいはずだ。一日に三時間は練習したいと言っていたから。ぼくは数ブロック車を走らせてから家にもどり、ベッドに横になった。すっかりくたびれていた。百マイルも歩いてきた気分だ。

だが、霧は晴れた。

ぼくはベッドに入ると、すぐに眠りについた。

4

さっきも言ったとおり、これが十一月二十五日の出来事だ。

あれから新年を迎えるまでのあいだにナタリー・フィールドとはどんどん親しくなっていった。関係はいたって良好。顔を合わせたとたんに話しだし、時間の許すかぎりしゃべりまくる。といっても、長々と話ができる日はあまりなかった。

なにせナタリーは忙しい。平日の夕方は楽器を教えにいっていたし、土曜日は音楽学校で九時から二時まで小さな子どもたちにオルフメソッドとかいうものを教えていた。夜はみっちり稽古。日曜日は室内楽団で演奏したり、稽古をしたり、教会に通ったりしていた。お父さんが信心深い人らしい。いや、どうだろう？　教会に通うことには熱心らしいが、信心深いかどうかはわからない。

ナタリーは敬虔《けいけん》なクリスチャンだ。それはお父さんの影響なんだろうが、教会は苦手だという。それでも、ちゃんと通っている。考えに考えぬいたすえに決めたことらしい。自分は教会に行くことにはこだわっていないけど、父はこだわっている。だったら、父の家に住んでいるうちは譲歩しよう。ナタリーはなんでもそんなふうにとことん考えぬくんだ。

教会に行きたくないときもあるそうだけど、くよくよ悩んでいやな気分を引きずることはない。車のことでいつまでもへこんでいるぼくとは大ちがいだ。せいぜい牧師をちょっとけなすくらいで、すぐに頭を切りかえて、これからしなきゃいけないことを考える。ナタリーのなかでは優先順位がきちんきちんと定まっているんだ。

ナタリーはぼくより誕生日が早く、じきに十八歳になろうとしていた。ぼくたちの年ごろでは、この程度でも大きな差に感じられるものだ。女の子のほうが心の成熟が早いとされているだけになおさらだ。

だが、ぼくたちはちがった。そんなことはまったく気にならず、ひたすら親睦《しんぼく》を深めていた。ナタリーに出会うまで、本音を話せて、とことん語り合うことができる相手なんてだれもいなかった。話せば話すほど、もっと話したいことが出てきた。

ふたりとも最後の時限は授業をとっていなかったので、ナタリーが個人レッスンに行く時間になるまで話しこんだ。夜、ぼくがナタリーの家に行くこともあった。そうこうするうちに冬休みがやってきた。

プロのヴィオラ奏者になるのがナタリーの将来の夢ではないと知ったのは、冬休みに入ってからだったと思う。ナタリーはヴィオラとヴァイオリンとピアノの稽古をしていたが、目指していたのは作曲家だった。稽古を続けているのは、講師をして資金を貯め、音楽学校に入るためだ。そのあとは生活のために講師をするか、オーケストラで演奏することになるだろうが、それもすべては真の目的を果たすための手段にすぎなかった。ぼくがそのことに気づいたのは、ずいぶんあとになってからだった。ナタリーが恥ずかしがって、なかなか話してくれなかったからだ。

たぶんお母さんにしか話したことがなかったんじゃないかな。ナタリーは自分の演奏に自信を持ち、現実的な判断をしているように見えたから、ぼくもすっかり目をくらまされていたんだけど、ナタリーにも自信を持てないことがあったんだ。野心を燃やし、理想を追ってはいるものの、わからないことだらけで、不安でたまらない。だからこそなかなか口にはできない。

だけど、ナタリーの人生はそういうものを中心にまわっていたんだ。

「女性の作曲家っていないのよね」

冬休みのある日、ナタリーが言った。ぼくたちは休みに入ってからも何度か会っていて、その日は公園に出かけていた。街の名所にもなっている公園で、敷地も広いし、森やハイキング用の長い小道もある。ぼくたちは雨のなか、ミセス・フィールドの愛犬を散歩させていた。オーヴィルという名のプーパキープだ。

ピーカプーのまちがいだろうって？　ペキニーズとミニチュアプードルの交配種の。ところがどっこい、ころころ太ったこの犬は、フンづまり《プーパキープ》と呼ぶのがふさわしい。

「女の作曲家がいない？　まったくいないってことはないだろ？」

「いることはいるんだけど、才能がないか、あっても知られてないのよ。だって、だれかがオペラ音楽を作曲していたとしても、上演されたことはないし、交響曲が作られていたとしても、演奏されたことがないんだもの。でも、女でも優秀だったら、本当の本当に優秀だったら、演奏してもらえたと思うの。きっとだれが見ても超一流っていう作曲家はいなかったのね」

「なんでだろう？」

考えてみると、不思議な気がした。ポップスなら女性の作曲家も大勢いるし、たいがいどんなジャンルでも歌手の半数は女性だ。だいいち音楽は男だけのものじゃない。人類のものだ。

「そんなの知らないわ。いつかわかるかもしれないけど」

ナタリーはむっつりして言った。

「たぶん偏見とかじゃないの？　ほら、あなたが言ってた自己なんとか的なんとかってやつ？」

「自己充足的予言？」

「そう、それ。おまえには無理だって寄ってたかって言われると、そうなんだって思いこんじゃうのよ。文学もそうだったでしょ？　女がそういう思いこみから脱して、すぐれた小説をたくさん発表するようになったから、いまじゃ女には小説が書けないなんて口にするほうがばかだと思われるけど。納得いかないのは、女性の場合、超一流じゃないと、三流の男ほどにも評価してもらえないってことよ。そんなのおかしいでしょ。これって、あなたのいう平等主義と同じことだと思うわ」

平等主義とは、ぼくがナタリーと話すうちに打ちたてるにいたった理論だ。

自分がこんなにもアウトサイダーに感じられるのはなぜなのか。スポーツや政治が得意な人間はヒーローと見なされるのに、思考にたけた人間が見くだされ、嫌われるのはなぜなのか。その思考が直接に金や権力をもたらすのでないかぎり、思考派の人間がヒーローと見なされることはない。インテリに対する反発が原因とも考えられるけど、それだけじゃないような気がする。むしろアリみたいにだれもが同じに見えるようになるまで、そこらじゅうで足を引っぱって、全体のレベルをならそうという意識が働いているように見える。

ぼくはこれを「平等主義」と呼んでいるが、このごろではアンチエリート主義という聞こえのいい名で呼ばれているらしい。あるいは民主主義などという的はずれな名で呼ばれることもある。こういう言葉はちゃんと意味を考えたうえで口にしないといけないんじゃないか？

「男尊女卑の平等主義者ってこと？」

「そうそう、まさにそれよ」

オーヴィルがハイキング用の道をもどってきた。お腹の大きな雌牛を体高三十五センチに縮めたような姿で走ってきて、ぼくのジーンズを泥まみれにしたあと、ナタリーのジーンズも泥まみれにした。

「どんな音楽を作りたいんだ？」

ナタリーはがんばって説明してくれたんだけど、その内容をそのまま紹介することはできない。じつは半分も理解できなかったんだ。だいたい「音列」の意味を知らなかったら、音列にまつわるさまざまな理論の難点を指摘されてもわかりっこない。だが、話をさえぎりたくなかったから、そのまま聞いていた。ナタリー自身、説明に苦労しているようだったけど、それでも話したくてたまらないのが伝わってきたからだ。どうしても話さずにいられないって感じで、秩序ある音楽と人間味のある音楽、無秩序な音楽と機械音楽について語りつづける。なんとなくわかったような気もするが、なにぶん現代音楽の知識が乏しいので、本当に理解できているのかちょっとあやしい。

それでも、すとんと腑《ふ》に落ちたこともあった。

最近の心理学の本で読んだこととちょっと似ている。その本には世のなかや自分自身を機械と同一視する人たちのことが書いてあった。これは統合失調症の患者によく見られる現象で、そういう人たちは電源を入れなくては稼働しないし、なにをするにもマザーコンピュータの指示待ちって感覚でいるらしい。

それを読んだとき、ぼくが思いうかべたのは、ロックミュージシャンのコンサート会場だった。ステージ上の楽器もマイクもコンソールも、すべてワイヤでつながっている。会場を埋めつくす観客も、ミュージシャンたちと感情でつながっている。すべては発電所から引かれた一本の電線にかかっている。

それを思えば、統合失調症患者の心理がとくに風変わりだとは言えない。

ナタリーが考えているのもそんなようなことらしい。音楽を機械から切りはなしたいという。もっとも、ナタリーは機械という言葉を大がかりな交響楽団やオペラ作品という意味でも使っていた。だからといって、「シンプル」な音楽をよみがえらせようというのではない。たとえば、ダルシマーを弾きながらケンタッキーなまりをまねして歌うフォークソングとか、そんなのを志向しているわけじゃない。ナタリーに言わせると、複雑さは高尚な芸術になくてはならない要素だけど、制作の手段ではなく、音楽そのもののなかになくてはならないんだそうだ。

「なんかアインシュタインみたいだな。五千万ドルのコンピュータなんか使わずに、鉛筆と紙と自分の頭であれだけのことをなしとげたんだもんな。コンピュータはすごいけど、アインシュタインはもっとすごいよ。ずっと安上がりだし」

ナタリーはこのたとえに笑った。ぼくたちは公園をあとにした。太陽が顔を出し、雨に濡れた森が水晶のように輝いていた。

ナタリーの家にもどると、ナタリーが自分の作曲した曲のひとつをピアノで演奏してくれた。

本来はピアノ曲ではなく、弦楽三重奏曲らしく、ところどころヴァイオリンのパートを歌ってくれた。それほど複雑な曲には聞こえなかったし、むずかしくはなさそうだった。美しく短い旋律が何度も出てくる。というより、曲調の荒い部分に差しかかると、その旋律の一部が繰りかえされるんだ。ナタリーは張りつめたようすでピアノにむかっていた。気持ちが高ぶっているようだ。弾きおわったとたん、ナタリーは鍵盤のふたをたたきつけるようにして閉めた。

「最後が気に入らないわ」

そうこうするうちに個人レッスンに出かける時間になった。

ナタリー・フィールドの人となりを言葉で説明するのはむずかしい。それはナタリーにかぎったことじゃないんだけど、テープに吹きこんだことをタイプしてみると、ナタリーがもったいぶった人間のような印象を受ける。たぶんふたりで話していると、どっちもつい大げさな話し方をせずにいられなくなるんだろう。自分にとって大きな意味のあることを心おきなく話せる相手なんて、それまでいなかったんだから、無理もない。だから、言葉がふるいにかけられることもなくあふれでてしまうんだ。

ナタリーは意志が強くて、自信にあふれていて、決断力がある。しかし、とにかく練習熱心で――六歳のとき、自己流でピアノを弾きはじめたのを見て、両親があわてて先生をつけて以来、ずっと熱心に練習してきたのだが――長いこと音楽ひとすじだったせいで、ほかのことにはかなり初心というか、疎《うと》かった。

たとえば、映画にはほとんど行ったことがない。ぼくはナタリーをウディ・アレンの映画に連れていった。ウディが窓からチェロを放りだすやつだ。ナタリーには大ウケ。いつまでも笑いつづけているので、ちょっと心配になったほどだ。

ぼくがおどけたときのナタリーの笑い方を見ていると、笑いたいんだなと思う。笑いたくてしかたがないんだ。ぼくがサルのまねをするだけで、ナタリーはこらえきれずに大笑いする。ナタリーのお父さんは厳格で融通のきかないタイプだし、お母さんはいつも冷静で落ちつきはらっている。お姉さんたちは結婚して家を出てしまったし、ナタリー自身は音楽づけの毎日だ。音楽を学び、人に教え、練習し、作曲し、音楽で身を立てたいと夢見ている。ナタリーの生活にはおもしろいことも、ばかばかしいことも存在しなかった。

そこへぼくがあらわれたんだ。

いまわかった。

ぼくがナタリーを必要としていたのと同じくらい、ナタリーもぼくを必要としていたんだ。

それなのに、ぼくはしくじってしまった。優先順位をまちがえたんだ。

だが、その前にビーチで過ごした日のことを話そう。あのすばらしい日のことを。

あれは大晦日の前日だった。雨がやんで、空気が冷え冷えとしていた。よく晴れた静かな日だった。真冬の天候だ。朝早く目覚めたとき、太陽が紺青《こんじょう》の空に光を降りそそぎながら山あいから昇ってきた。その日一日ナタリーの予定が空いていることは前々からわかっていた。冬休みのあいだはナタリーのレッスンを受けない生徒もいるからだ。ぼくはナタリーに電話をかけて、新しい車で海に行くことにした。

ミセス・フィールドはぼくたちの遠出にいやな顔はしなかった。ぼくのことは信用してくれているようだ。ミスター・フィールドのほうは、若い男が自分の娘に目をくれようものなら、厳格な父親にありがちな極端な反応を示しそうな気がしたが、建築関係の仕事をしていて、六時ごろまで帰ってこない。それまでにはぼくたちも帰るつもりだし、ミスター・フィールドだってなにも知らなければ、ショックを受けることもない。

ぼくの両親は問題ない。ふたりともぼくが友だちと海岸までドライブに行くってことだけ承知している。母さんはだれであれ友だちができてよかったと思っているし、父さんはどんな目的でも車が使われるのなら文句はなかった。だから、みんな満足。ぼくたちはナタリーが作ってくれた弁当を持って九時に出発した。

海岸までは百五十キロほど、さらに南へ十五キロほど行けば、ジェイドビーチに着く。そこが目的地だった。大きな岬にはさまれた入江で、風を避けられるし、夏でもそんなに混まない。冬はまったく人気《ひとけ》がない。

海岸山脈沿いの道にはいくらか雪が残っていて、あまりスピードを出せなかったので、ビーチに着いたのは昼ごろだった。空は晴れわたり、まばゆいばかりだった。太平洋は紺碧《こんぺき》の色をたたえ、高い白波が次から次へと寄せてくる。寒かったが、ビーチはほとんど無風で、白波が潮風を運んでくるだけだ。波が砕けると、しぶきが細かい岩塩のように降りそそぐ。そのうち体が温まってきた。動きつづけていれば、コートを脱いでも大丈夫そうだ。ぼくたちはコートを脱いだ。

長いあいだ、白波が寄せてくる浅瀬でふざけまわりながら、少しずつ海のなかへ踏みこんでいった。水は氷のように冷たかったが、つらかったのははじめだけで、しばらくすると感覚がまひして、気持ちがよくなってきた。ぼくは首まで、ナタリーは腰までびっしょり濡らしてしまった。そこで、大きな流木のそばの乾いたくぼ地までもどり、火を焚いて服を乾かしながら昼食をとった。たらふく食べた。よくもこれだけ腹につめこんだものだ。

ナタリーは手間を惜しまず、食べるものをふんだんに用意してきてくれた。サンドイッチがいくつあったのかわからないが、全部食べきった。さらにぼくの腹にはバナナ三本とオレンジ一個とリンゴ二個もおさまった。バナナを三本も食べたのは、これが笑いのネタになったからだ。

若者らしい無邪気さで、ぼくらは陽気にはしゃぎまくった。まったく、どうしてナタリーみたいに分別のある女の子がサルのまねくらいであそこまで笑いころげるのかわからない。だが、人はほめちぎられると天才的な能力を発揮するものだ。その午後、ぼくのサルのまねはバナナのおかげで最高レベルに達した。

そのあと、岩場によじのぼったり、石を投げたり、砂の城を作ったりして過ごした。そのうちに寒くなってきたので、またくぼ地にもどって火を焚いた。潮が満ちてきて、砂の城に迫るのを眺めながら、ぼくたちは話をした。自分たちの抱える問題や両親や車や野心のことはとりあえず脇におき、人生について語り合った。

人生の意味なんて問いかけてもしかたがない。それがぼくたちの出した結論だった。人生はこたえではなく、問いなのだから。こたえは自分自身だ。

波が十メートルほど先まで迫ってきている。その上に空が広がり、太陽が沈みかけている。寒かった。このとき、ぼくは人生のハイライトを迎えた。

いまが絶頂だと感じる瞬間はこれまでにもあった。雨に打たれながら公園を歩いた秋の夜。星空の下、砂漠で大地と一体になって地球の自転を感じたとき。ただなにかをとことん考えぬいたときにいまが頂点だと感じたこともあった。

だが、いつもひとりだった。ぼくしかいなかった。

いまはひとりじゃない。

友だちとふたりで高い山の頂へと登りつめたのだ。これに勝る瞬間なんてありはしない。あるわけがない。今後、こうした瞬間を二度と味わえなかったとしても、一度は経験したのだと胸を張れる。

ぼくたちは話をしながら、まわりの砂をかきまわし、翡翠《ひすい》や瑪瑙《めのう》のかけらを探した。ナタリーが見つけたのは黒い石。きれいな楕円形をした平らな石で、砂に磨かれてつやつやしていた。ぼくが見つけたのはレンズのような形をした白と黄色の瑪瑙。太陽を透かし見ることができる。ナタリーが黒い石をくれたので、ぼくも瑪瑙をナタリーにあげた。

車で帰宅する途中、ナタリーは眠りこんでしまった。こういうのも悪くない。夕陽を浴びながら高い山から静かに下りてくるような感覚だ。ぼくは細心の注意を払って静かに車を走らせた。

家に着いたのは七時過ぎだった。ビーチに長居しすぎたようだ。ナタリーは車からさっと降りた。風焼けした顔はまだ眠そうだ。

「とても楽しかったわ、オーウェン」

ナタリーは笑顔で家に入っていった。

5

フィールド家は新年をよそで過ごしたので、ナタリーと再会できたのは学校が始まってからだった。ぼくはナタリーといっしょにバスを待ちながらきいてみた。

「あの日、帰りが遅くなっちゃったけど、お父さんに叱られなかった？」

ナタリーは「まあね」とこたえたきりだった。そのあと、オーンスタインの本の話になった。ナタリーは右脳に関するオーンスタインの見解に興味を示した。オーンスタインによれば、どうやら右脳が音楽をつかさどっているらしい。

だが、歯車が狂ってしまった原因を自分以外に求めるとしたら、やっぱりミスター・フィールドを責めたくなる。

ナタリーの「まあね」というこたえの裏を読むなら、もちろんお父さんになにか言われたんだろう。だけど、ナタリーはその話をしたくない。知らない顔をして、忘れてしまいたいと思っているんだ。だけど、そもそもミスター・フィールドはなにが気に入らないっていうんだろう？　ビーチに行って、ランチを食べて、瑪瑙を見つけて、帰ってきただけなのに、なにがいけない？　これのどこが罪なんだ？　ミスター・フィールドはいったいなにを思ったんだろう？

そんなのきくまでもない。

ぼくもナタリーもそんなことは考えもしなかった。それなのにミスター・フィールドは勝手に邪推して怒っている。このごろの若いやつらときたら、スリルを味わうことしか頭にない、とでも思っているんだろう。

いや、まあ、べつにミスター・フィールドの妄想に毒されたわけじゃないんだ。すでに毒されていなければ、こんなことは考えもしなかっただろう。変な言葉だよな。毒されるって。辞書にはこう書いてある。「健全な状態から不健全な状態に変わること」ぼくが言いたいのもまさにそういうことだ。不健全な考えにとりつかれてしまったんだ。

とどのつまりは、こういうことさ。みんな言っているじゃないか。映画も、小説も、広告も。科学者だって、セールスマンだって、こぞって同じことを言う。男＋女＝セックス。こたえはこれだけ。この方程式に未知数は含まれていない。だれも未知数なんて必要としていない。

とくにまだ性体験がなく、こたえが未知数のままだったりすると、寄ってたかってこう言われているような気がしてくる。この世で大切なのはそれだけだ、ほかのことはどうでもいい、って。しょっちゅうセックスしてなきゃ、不能か不感症あつかいで、今年中にガンにでもかかるんじゃないかと言われかねない。

だから、つい思ってしまったんだ。ぼくはなにをやっているんだろう？

だって、そうじゃないか。しょっちゅう女の子と会っていて、その子とビーチで丸一日を過ごしたっていうのに、「へえ、それでどうした？」ときかれたら、こうこたえるわけだ。「黒い石と瑪瑙を交換したよ」。それはそれは。たいしたもんだ！

つまり、ぼく自身がどう思っているかじゃなくて、他人にどう思われるかを考えはじめてしまったんだ。

言いにくいことだが、じつはそれだけじゃない。そりゃそうだよな。女の子と過ごすんだから。そう、女性と。もちろんナタリーも女性なわけで、いっしょに過ごせば、わくわくしてくる。

ばかみたいだって？

からかいたいなら、からかえばいいさ。だけど、まさにそうなんだ。体も、心も、魂もわくわくする。

だが、ぼくは思ったんだ。これは愛にちがいない、って。なぜって、みんな言っているじゃないか。あのフロイトだって。愛だなんだと言ったって、結局のところ、意味するものはセックスなんだ。人間をゴリラと区別するために、ちょっと気どって「愛」と呼んでいるだけのことなんだ。

恋に落ちたから、セックスをするんじゃない。セックスしたいときに「愛」という言葉を使うんだ。

歯磨き粉のＣＭでも、タバコの広告でも、ポルノ映画や芸術映画やポップソングでも、チェックしてみたらいい。なんならミスター・フィールドにきいてみてもいい。大切なことはひとつだけだ。ひとつだけなんだ。

だから、ナタリーと次に会ったときには、いままでどおりにはいかなくなっていた。ぼくはナタリーに恋をしたんだと決めていた。恋に落ちたんじゃない。よく聞いてほしい。恋に落ちたと決めたんだ。

脳と心をテーマにした本、とくに左脳と右脳のちがいより前頭葉と後頭葉のちがいに注目する人たちの本によると、こういうことは前頭葉がすべてを支配しようとして気の毒な後脳を混乱させたせいで起こるらしい。これがインテリがやらかしやすいへまだ。少なくとも、ぼくみたいに頭がこんがらがってしまった愚かなインテリはそうだ。

それでもはじめのうちはまだよかったんだ。てんで意気地がなかったから。ナタリーがそばにいないときは、恋に落ちた気になっていられたが、いざナタリーと顔を合わせると、そんなことは忘れてしまい、いままでどおりばかみたいに話しこんだ。

よく話していたのは卒業後の予定だった。卒業を間近に控えた高校生としてはごく自然な話題だ。

ナタリーの予定ははっきりしていた。夏になったらタングルウッドに行く。いちばんの目的は、東部で力になってくれそうな音楽家や専門家と知り合うことらしい。それから、ライバルたちとも。コンクールに参加して、自分の力を見きわめたいんだそうだ。

秋になったら家にもどって、一年間、フルタイムで音楽学校で働きながら、個人レッスンもこなして資金を貯める。その一方で練習と作曲活動にも励み、州立大学で音楽理論と和声学の上級コースを受講する。州立大学にはナタリーの学びたいことを教えてくれる先生がいるらしく、すでに昨年、サマースクールでこの先生の講座を受けたそうだ。それから奨学金と貯金でニューヨークのイーストマン音楽学校に行き、ふたりの作曲家のもとで勉強するつもりでいる。

「このふたりから学べることがあるかぎりは食らいつきたいの」

ぼくがＭＩＴに行きたいのも似たような理由からだ。ＭＩＴには生理心理学の第一人者がいる。それがぼくのいちばんやりたい学問なんだ。

ぼくたちはじつに不思議な会話をしていた。ナタリーがイーストマンの作曲家たちの目指す音楽について語れば、ぼくは意識とはなにかを説明しようとする。だが、まったくちがう分野の話をしているのに、双方にたびたび類似点が見いだされることには驚いた。思想とは得てしてそうしたものので、そこがおもしろくもある。

四月に市民オーケストラのコンサートが大きな教会で開かれることになり、ナタリーの作った歌曲三編がそこで披露されることになった。

「たいしたことじゃないの。指揮者と知り合いってだけ。楽団の素人ヴィオラ奏者たちをまとめてくれる、経験のある奏者が必要だっていうから、わたしが引きうけたの。でも、きっかけはどうあれ、自分の作品がはじめて公の場で演奏されるんだもの。うれしいわ。

それにしても、作曲ほどひどい芸術ってないわね。だって、裏でいろいろ手をまわすのが仕事の大部分なんだもの。人脈がなければ、作品を演奏してもらえない。そこは現実的にならなくちゃ。チャールズ・アイヴズのようにはなりたくないわ。アイヴズは曲を書いているあいだ、自分の音楽が演奏されるのをほとんど聴いたことがなかったの。せっかく曲を書いても箱に放りこんじゃって、普段は保険ブローカーかなにかの仕事をしてたのよ。わたしはそんなのまっぴら。演奏してもらうのも仕事の一部よ」

だが、その点に関しては、ナタリーも態度があやふやだ。というのも、ナタリーが崇拝しているシューベルトは歌や室内楽以外の自分の曲をほとんど聴いたことがなかったし、もうひとりの崇拝の対象であるイギリスの作家エミリー・ブロンテは、自分の詩を姉のシャーロットが出版したことを許さなかったばかりか、そもそも詩を読んだこと自体、怒っていたらしいから。ちなみに四月に演奏される三曲はエミリー・ブロンテの詩に曲をつけたものだ。

ナタリーは『嵐が丘』を愛読している。ブロンテ一家のこともよく知っていた。百五十年前、イングランドのどことも知れぬ田舎の牧師館に住んでいた四人の天才たち。どれほどさみしい日々を送ったことだろう？　ナタリーがくれた伝記を読んで、気がついた。自分は孤独だと思っていたが、このきょうだいにくらべたら、ぼくの生活なんて賑やかな社交パーティの連続だ。それでも、ブロンテきょうだいはおたがいの存在に支えられていた。

ところが、悲しいことに、ただひとりの男きょうだいがプレッシャーに押しつぶされて、麻薬と酒におぼれ、命を落としてしまった。男に生まれたばかりに家族の期待を一身に背負うことになったらしい。一方、ほかの三人は女だったおかげでとくに期待もかけられず、長じて『ジェーン・エア』や『嵐が丘』を書いた。

こういう話を聞くと、考えさせられる。男に生まれるのもいいことばかりじゃない。その点、ぼくはなんだかんだと言って、恵まれているんだろうな。親から過剰な期待をかけられてはいないんだから。

ブロンテきょうだいは何年にもわたって架空の国の物語や詩を書きためていた。地図を作り、幾多の戦いや冒険を描きだした。ちなみに、シャーロットとブランウェルが生みだした世界は「アングリア」と名づけられ、エミリーとアンが生みだした世界は「ゴンダル」と呼ばれている。しかし、エミリーの書いたゴンダルの物語は現存しない。エミリーが結核にかかり、死期が近いと知ったとき、すべて焼きすててしまったからだ。だが、詩はシャーロットに説得されて残したという。

四人は架空の国を舞台に繰りひろげられる長くこみいった物語を何年も書きつづけることで、詩や小説の書き方を習得し、腕を磨いていった。これは驚きだった。なにを隠そう、ぼくも十二歳から十六歳にかけて似たようなことをしていたからだ。ただし、ぼくには書いたものを見せる姉妹はいなかった。

ぼくが創りだしたのはソーンという国だ。もっとも、地図は描いたが、物語は書いていない。かわりにソーンに存在する動植物や風景や町について記述し、経済状況や生活様式、政治体制や歴史などを練りあげていった。当初は王国だったが、ぼくが十五、六歳になるころには、自由な社会体制の国に変わっていた。そのため、そうなった経緯も考えなくてはならなくなった。ほかの国々との関係も考えてみた。ロシアや中国やアメリカとはまるでつきあいがない。というより、交易をしているのはスイスとスウェーデンとサンマリノ共和国だけだ。

　ソーンは南大西洋に浮かぶちっぽけな島国で、端から端までの距離が百キロもない。世界のどこからもはるか彼方《かなた》に位置する国だ。ソーンにはいつも風が吹いている。沿岸は切りたつような岩壁で、帆船を寄せることはむずかしい。遠い昔にギリシア人やフェニキア人がやってきたことはある。それがアトランティス伝説のもとになったのだが、それきり忘れられ、再発見されたのは一八一〇年のことだ。ソーンの人々はいまだに大型船舶用の港も飛行場もあえて造っていない。幸いにしてあまりに小さく貧しい国なので、いまのところ世界の列強に目をつけられることもなく、支配下におかれてミサイル基地に変えられるなんてこともない。

　ぼくはたびたびソーンを訪れ、四年がかりでこの国を創りあげた。だが、ソーンのことを考えなくなって一年以上になる。そんなのは遠い昔の子どもじみた空想に思えた。それでも、ふとしたはずみに思いだし、海に臨む険しい崖や細長く広がる羊牧場を吹きわたる風に思いをはせることはあった。それから、大好きな南岸のバレンの街。花崗岩とスギ材で築かれたこの街からは、風吹きすさぶ岩壁とそのむこうに広がる南極海、さらには南極そのものまで見晴らすことができる。

ぼくはソーンの歴史を書きだしたものを引っぱりだしてきてナタリーに見せた。ナタリーはおおいに気に入ってくれた。

「わたしがソーンの音楽を作ってあげる。音楽のことまで考えてなかったでしょ？」

「風《ウィンド》の国だから、管楽器《ウィンド・インストゥルメント》の音楽にしてくれよ」

ぼくはおどけて言った。

「いいわ。管楽五重奏にしましょ。クラリネットはだめね。ソーンにはしつこすぎるわ。フルートに、オーボエに、バスーンに、あとは……ホルン？　イングリッシュホルンのほうね。それからトロンボーン？　そうね、トロンボーンにしましょう……」

ナタリーのほうは冗談のつもりはさらさらなく、さっそくソーンの管楽五重奏曲の創作にとりかかった。

ナタリーが将来の計画をきっちり立てているので、ぼくもそうしなきゃって気になった。こういうことは伝染しやすい。ぼくはできればどうしたいのか真剣に考えはじめた。医学の道に進むのか、生物学を学んで、生物学と心理学が相互にまじわるところまできわめていくのか、あるいはまっしぐらに心理学をきわめるのか。

どの選択肢にも心をそそられた。どれもたがいにリンクしているが、一度に全部を学ぶというわけにいかないから、迷ってしまう。問題はどこから始めるかだ。なにを土台にすれば、そこにべつの知識や思想をバランスよく積みあげていけるのか。これは決してささやかな野心とは言えない。だが、ナタリーを見ていてわかったんだ。小さな努力を地道に積みかさねていけば、ついには壮大な野心を満たすこともできるはずだ、って。

こんなふうに将来の計画のこと、音楽や科学のこと、ソーンやゴンダルのことを話すのは楽しかった。

ときどきソーン五重奏曲の新作部分を聴かせてもらうこともあった。ナタリーはバザーで一ドルで買ったという古いコルネットをとりだすと、頬を赤くし、目をむいて、主旋律を吹きならそうとした。コルネットならぼくも六年のときに学校の吹奏楽団で吹いたことがある。音楽の経験はそれだけだが、ナタリーと同じくらいには吹ける。ぼくたちはふざけてコルネットを吹きならし、次から次へとおかしな音を出した。そのあと、ぼくが「カプリの島」っぽいものを吹いてみせた。

ある土曜日、ナタリーをアルバイト先の音楽学校まで車で送っていった。そのあと、ナタリーが子どもたちにオルフメソッドを教えるのを見ていた。なかなかおもしろい。六歳の子ども十四人が木琴、鈴、ウッドブロックなどそれぞれに割りあてられた楽器をいっせいに鳴らしだすと、ミック・ジャガーも真っ青の大音量になる。

「この子たちはこうやって音楽の理論を学んでいるのよ」

ナタリーが説明してくれた。

「楽しそうだけど、こんなことを長く続けてたら、聴覚器官を壊されそうだよ」

音楽教室が終わったあと、帰路についた。途中でシェークとフライドポテトを買って、ナタリーを家まで送っていくと、玄関の前でミスター・

フィールドが待っていた。

ぼくには挨拶もせず、ナタリーに「お帰り」と言うと、こっちに目をやった。

ぼくはかっと赤くなった。同時に顔に笑みが広がるのを感じた。踏みつけたくなるようなあの笑みだ。とたんに、自分はナタリーに恋をしているんだったと思いだした。すると、ミスター・フィールドにもナタリーにもなにも言えなくなってしまった。どうにも気まずくて、その場にいたたまれなくなり、さっさと家に帰った。恋をするにはそのほうがずっと気楽だ。

それから二週間、ナタリーとは三、四回しか会えなかった。いざ顔を合わせても、楽しく過ごせなかった。つい考えてしまうんだ。ナタリーはだれかとつきあったことがあるんだろうか？　カレシを作ることも今後の計画のなかに入っているのか？　ぼくのことは異性として意識してくれているんだろうか？　どの問いも本人にぶつけることはできなかった。いちばんこたえに近そうなものを聞きだせたのは、オーヴィルをまた公園へ散歩に連れていったときだ。

「仕事と恋愛の両立って、可能なのかな？」

ぼくの口からぽろっと出てきたこの問いは、しばらく亡骸《なきがら》のようにその場に凍りついていた。まるで主婦むけの雑誌からそのまま飛びだしたような質問だ。

「可能に決まってるじゃない」

ナタリーがけげんそうにぼくを見た。

とそのとき、オーヴィルがグレートデーンと遭遇し、食い殺しそうな勢いで吠えだした。ようやく落ちつかせたときには、ばかげた質問のことは忘れられていた。だが、ぼくはむっつりふさぎこんだままだった。家に帰るとき、ナタリーが思いあまったように言った。

「どうしてサルのまねをしなくなったの？」

それはないいんじゃないか？　いくらなんでもひどすぎる。

家に着いたときにはむかっ腹を立てていた。こっちはあの子をいきなり抱きよせて、キスして、「好きだ！」と言いたいのに、あの子はぼくがバナナの皮を持って跳びまわり、ノミを探すことしか望んでいないのか？

どうにもむしゃくしゃしてきた。あんなにも気さくなのに、肝心なところでつれないナタリーが恨めしくなって、わざとちがうことを考える。洗いたてのようにしんなりしてやわらかそうなナタリーの髪や、色白できめの細かい肌。あっというまにナタリーはぼくのなかで「本物」へと変貌をとげた。謎めいた女性とでも、残酷な美女とでも、望んでも手が届かない女神とでも呼べそうな存在だ。ナタリーはもはやはじめてできたただひとりの親友ではなく、求めると同時に憎むべき存在となっていた。求めるからこそ憎く、憎いからこそ求めてしまう、そんな存在だ。

二月にまた海岸へ車で出かけた。

ワシントン誕生記念日の前後には決まってすばらしく天気のよい週がある。雨がやみ、太陽の光がぽかぽかと降りそそぐ。木々の若葉が芽吹き、最初の花が咲きはじめる。いわば春の始まる週で、最初だからこそ、そしてあまりに短いからこそ、格別に美しい季節とも言える。

この週ならまちがいない。ぼくはだいぶ前から計画を立てていた。ナタリーを説得して、音楽学校の講師は代理を立ててもらい、個人レッスンも延期してもらった。土曜日にジェイドビーチへドライブするためだ。ミスター・フィールドが異議を唱えようと、知ったことじゃない。そこはナタリーになんとかしてもらうしかない。もう大人なんだ。そろそろなんでもかんでも父親の許可をもらうことからは卒業してもいい。ナタリーが父親のことを口にしたら、そう言ってやるつもりだった。しかし、ナタリーは父親の話はしなかった。そもそもこの遠出に乗り気じゃなかったみたいだ。ただぼくが行きたがっているから、友だちとしてつきあうことにしたんだろう。

ビーチに着いたのは午前十一時ごろだった。ちょうど引き潮で、潮干狩りをしている人たちがいた。今回、ぼくたちはジーンズの下に短パンをはいてきていた。

この日も打ちよせる波とたわむれたが、前に来たときのようにはいかなかった。砂浜を低く覆うように霧が出ていた。濃くはないが、ひんやりする。空気が淡水パールでできているかのようにほんのり白くなっている。静かな波がゆっくり砕け、長い青緑の曲線が重なり合うさまは、幻想的でもあり、規則的でもあって、眠気を誘う。

ぼくたちはそのうちに離ればなれになって、砕ける波のなかへ入っていった。ナタリーはずっと離れたところで泡立つ波をはねあげながらゆっくり歩いている。両手をポケットに突っこんで、背を少し丸めて歩く姿は、うっすら霧に包まれたビーチと海のはざまでいかにも小さく華奢《きゃしゃ》に見えた。

潮干狩りに来ていた人たちは、潮が満ちてくると、帰っていった。一時間ほどしてナタリーがこっちにもどってきた。髪がもつれてぱさつき、鼻がぐすぐすいっている。潮気を含んだ空気のせいだ。ふたりともティッシュは持ってきていなかった。ナタリーは穏やかでよそよそしい顔つきをしていた。ナタリーの母親がいつもしているような顔つきだ。ナタリーはいくつか石を拾ってきていたが、美しいのは濡れているあいだだけで、乾くとそれほどでもなかった。

「お昼にしましょ。お腹がぺこぺこだわ」

ぼくはこのあいだと同じ場所に火を焚いた。大きな丸太のそばのあのくぼ地だ。ナタリーが火のすぐそばに座った。ぼくもとなりに腰を下ろし、ナタリーの肩に腕をまわした。そのとたん、胸が恐ろしいくらいに高鳴りだした。頭がくらくらして、どうかなりそうだ。ぼくはナタリーをきつく抱きしめ、口づけた。

いま、ぼくたちはキスをしている。そう思ったら、息が止まりそうだった。

こんなふうに乱暴にするつもりじゃなかった。キスをして、「好きだ」

と告げて、話をしたかったんだ。ただ愛を語らいたかった。それだけだ。それ以上のことは考えていなかった。まさか自分がこんなふうになるなんて。深みにはまるとはこういうことなのか。大きな波にさらわれて、浮き沈みしているみたいだ。泳げもしなければ、息もできない。こうなったら、もうなすすべもない。もうだめだ。

ナタリーはぼくが波にのまれていることに気づいた。たぶんナタリーものまれそうになったんだと思う。だが、のまれはしなかった。すぐに身を引き、ぼくから離れた。それでも、つないだ手は放さなかった。ぼくがおぼれていることに気づいていたからだ。

「オーウェン、ねえ、オーウェンったら、ねえ、ちょっと」

ぼくは涙にむせんでいた。泣いていたのか、息ができなかったからなのか、自分でもわからない。

やがて涙は止まった。それでも、すっかり動揺していたので、まだ照れくささや恥ずかしさはわいてこなかった。ナタリーのもう片方の手をとり、むかいあって膝をついた。

「ナタリー、なぜなんだ――ぼくたちは子どもじゃない――きみは――」

「だめよ、そんな気はないわ、オーウェン。あなたのことは好きよ。でも、こんなの正しくないわ」

ナタリーは道徳について語っているわけではなかった。音楽や思考が正しいとか、明瞭だとか、本物だというのと同じ意味で「正しい」という言葉を使っていた。あるいは道徳的な正しさも含んでいるのかもしれないが、ぼくにはわからない。

結局、「好きだ」と口にしたのはぼくではなく、ナタリーだった。ぼくは言えずじまいだった。

ぼくはさっき口にした言葉をつかえつかえ繰りかえし、自分を止めることもできずにナタリーを引きよせた。その刹那《せつな》、ナタリーの目が燃えあがった。ナタリーはぼくをにらみつけて、身を引くと、立ちあがった。

「よして！　そういう関係になるつもりはないわ！　わたしたち、このまま うまくやっていけると思ってた。でも、できないいんなら、しかたがないわ。これきりにしましょ。いまのままで満足できないんなら、もう忘れてちょうだい。だって、いまある絆がすべてじゃない。わかってるくせに！　それだってかけがえのないものよ！　でも、それじゃ満足できないというんなら、もうよしましょ。これきりにしてちょうだい！」

ナタリーはくるりと背をむけ、泣きながら海にむかって歩きだした。

ぼくは長いあいだその場に座っていた。火は消えてしまった。ぼくは泡立つ波打ち際を歩いていった。ナタリーは北の崖のふもとにある潮だまりのむこうの岩に座っていた。

鼻が真っ赤だ。脚には鳥肌が立っている。フジツボがついてごつごつしている岩に座っていると、やけに生白く、やせほそっているように見えた。

「カニがいるわよ。大きなイソギンチャクの下に」

ぼくたちはしばらく潮だまりをのぞきこんでいた。

「腹が減らないか？　ぼくは腹ぺこだ」

ふたりで波打ち際を歩いてもどると、火を焚いて、ジーンズをはき、食事をした。今回はあまり食が進まなかった。会話もなかった。ふたりともなにを言えばいいのかわからなかった。ぼくの頭のなかを一万もの言葉がよぎったが、どれも口には出せなかった。

ランチのあと、すぐに帰路についた。

海岸山脈の頂近くまで来たとき、ぼくはこれだけは言っておかなければと思うことを口にした。

「あのさ、男と女ではちがうんだよ」

「そうかしら。そうだとしても、わたしにはわからないわ。そっちが自分で決めてよ」

そのときぼくの怒りが爆発した。

「決めるって、なにをだよ？　そっちはもう決めてるくせに」

ナタリーがこっちをちらっと見た。例のよそよそしい表情を浮かべていたが、なにも言わない。

ぼくはかっとなった。

「こういうことって、いつも女に優先権があるんだよな」

嘲笑するような苦々しい言い方になった。

「本当に大切なことはいっしょに決めるものだわ」

ナタリーの声はいつもよりずっと低く、小さかった。それから目をしばたたき、景色を見ようとでもいうように横をむいた。

ぼくは道路を見つめ、運転を続けた。それからひとことも口をきかず、百キロ以上の道のりを引きかえした。家に着くと、ナタリーはさっきと同じ小さな声で別れを告げた。

「おやすみなさい、オーウェン」

そのあと、車から降りて、家に入っていった。

そこまでは覚えている。だが、そのあとのことはなにも思いだせない。

次の火曜日までのことはなにひとつ。

6

Orchestra
Spring Concert
-Soprano-
Leila Boné
-Program-
Robert Schumann
Felix Mendelssohn
Antonio Vivaldi
Natalie Field

これは一時的な記憶喪失というやつで、事故や大怪我や出産のあとに起こることはめずらしくない。だから、自分がなにをしたのか語ることはできない。

おそらくは、すっかり腹を立てていたし、まだ四時半だったので、家に帰りたくなくて、しばらくドライブを続けていたんだろう。たぶんひとりになって考えにふけりたかったんだと思う。

西郊外の町と町の境目に急な坂がある。どうしてそんなところに行ったのかはわからない。おそらく適当に道をたどっているうちに、そこまで行きついてしまったんだろう。なんにしても、減速せずにこの坂でハンドルを切ってしまったらしい。

後続の車に乗っていた人たちが、ぼくの車が坂から落ちて引っくりかえるのを見て、助けを呼んでくれた。救急車も呼ばれた。ぼくは意識を失っていた。肩も脱臼していたし、あちこち打ちつけて不気味な緑色のあざもできていた。とはいえ、みんなが言うとおり、この程度ですんで幸いだった。なにしろ車は大破していたんだから。

意識をとりもどしたころには病院に運びこまれていて、それからもうひと晩そこで過ごした。

病院でのこともほとんど記憶にない。覚えているのは、母さんがかたわらに座っていたことくらい。ジェイソンから二度電話があったことと、ナタリー・フィールドが来たことを教えてくれた。

「あの女の子、とてもいい子ね」

友だちが心配してくれるのは当たり前のような気もしたが、ぼくは他人事のように聞いていた。霧がまわりに押しよせてきていた。ぼくはそのなかにひとり閉じこめられている。その外になにがあるのか、だれがいるのかわからない。そんなことはどうでもよかった。もちろん脳しんとうを起こしていたせいだろう。だが、それだけじゃない。

今度のことは、父さんにはずいぶんこたえたようだ。まず聞きおぼえのない声で電話があった。

「息子さんが脳しんとうで病院に運ばれました。脳に損傷を受けた可能性があります」

土曜の午後の野球中継をのんびり観ていたところへ、ぎょっとするような知らせ。ほどなくして息子は無事だとわかり、胸をなでおろしたが、車のレッカー代を求められ、車がだめになったことを知らされた。

「車なんてどうでもいいじゃないの。オーウェンが無事だったんだから！」

母さんがそう言って泣きだした。

父さんはどうでもいいとは思っていなかったが、さすがにこの状況で車のことを気にかけているなんて自分でも認めたくなかった。ましてや、息子が運転さえまともにできずに、坂から転落したことを恥じているなんて、口にできるはずもない。それより息子が命拾いしたことを感謝すべきなのだ。いや、感謝はしていた。ただ、みずからの手で息子の首を絞めたくなるときがあるってだけだ。そんなわけで病室に入ると、こう言った。

「車のことは心配しなくていい。保険をたっぷりかけてあるから、大丈夫だ。安心しろ。ただ、この先しばらくは保険料がばか高くなるだろうから、車を買いかえるのは当分見あわせたほうがいいだろう」

息子のほうはベッドに横たわったままこたえた。

「うん。わかった。それでいいよ」

退院から二週間ほど家から出られなかった。視力が落ちているあいだは出歩かないほうがいいと医者に言われたからだ。おかげで退屈でたまらなかった。なんでも二重に見えるんじゃ、本も読めやしない。でも、まあ、それはいいんだ。どうせ本を読みたい気分じゃなかったし。

ナタリーが一度訪ねてきた。事故のあとの金曜日だったと思う。母さんが部屋まで知らせにきたが、ぼくはだれにも会いたくないと突っぱねた。

ナタリーはそれきり来なかった。

ジェイソンとマイクは週末にやってきて、ベッドのそばに座り、ジョークを飛ばした。ぼくが事故のことをなにも覚えていないと言ったら、ふたりともがっかりしていた。

学校に復帰しても、ナタリーを避けるのはむずかしくなかった。もともとナタリーと顔を合わせるほうがむずかしいくらいだ。ナタリーはそのくらいハードなスケジュールをこなしている。こっちとしてはただランチの時間を遅くして、二時半にバス停に行かないようにするだけでよかった。

なぜそんなことをしたんだろう？　なぜナタリーに会いたくなかったのか、わかるようで、よくわからない。いちおう理由らしきものはあげられる。いま、ナタリーと顔を合わせるのは恥ずかしいし、気まずくもある。それに怒りやいらだちもあった。自分の気持ちを分析し、理由づけをするなら、そういうことになるんだろう。だが、実際には論理的になにかを考えられる状況ではなかったし、ほとんどなにも感じていなかった。なにもかもどうでもよかった。そんなことより痛みを忘れたかった。

つながりを保とうとしてもしかたがない。ぼくはひとりだ。昔からそうだった。

ナタリーといるあいだは、そうじゃないと思いこむこともできたが、やっぱりひとりぼっちだ。とうとうナタリーにもかんづかれ、その結果、ナタリーにまでそっぽをむかれてしまった。

だが、そんなことはどうでもいい。ひとりぼっちだっていうんなら、いいさ。そうでないふりをするより、受けいれてしまったほうがいい。どうせこの手のつきあいにはむいていないんだ。ぼくのような人間を好きになってくれる人なんているわけがない。ばかな期待はしないことだ。だいたいぼくのどこを好きになるっていうんだ？　優秀な頭脳か？　脳しんとうを起こしたすばらしく優秀な頭脳をか？　脳を好きになるやつなんかいない。あんなグロテスクなもの。バターで炒めた脳が好きだという人種も存在するが、アメリカ人では聞いたことがない。

ぼくがのびのび生きられる場所は、結局のところソーンしかない。ソーンには普通の意味での政府はないが、自由意志で参加できる機関がある。スコラリーと呼ばれる機関もそのひとつ。ソーンの端のほうにそびえる高い山の上に建てられている。巨大な図書館と複数の研究施設と基本的な実験器具を備え、生活用、研究用の個室もたくさんある。そこでは講義を受けることも、教鞭をとることもできるし、ひとりで研究するのも、チームでとりくむのも自由だ。夜は気がむけば、暖炉がいくつもある大きな広間で仲間と会って語り合う。話題は遺伝学や歴史、睡眠の研究、ポリマー、宇宙の年齢となんでもありだ。ある暖炉のまわりで語られている話題が肌に合わなければ、べつの暖炉に行けばいい。ソーンの夜はいつも冷えこむ。山腹に霧がかかることはないが、風はいつも吹いている。

しかし、ソーンはいまや過去のものとなっていた。もうあそこにもどるつもりはない。あそこは故郷なんかじゃない。ぼくはようやく自分のことを現実的に考えられるようになったんだ。

まず高校を卒業して、来年は州立大学に行く。その次の年も、そのまた次の年も。大丈夫。ぼくは自分で思っていたよりはるかに強い。強すぎるほど強い。鋼《はがね》の男というやつだ。なにしろ車がぶっ壊れるような事故を起こしながら、ほとんど無傷だったんだから。このまま高校を出て、州立大学に進み、就職して、さらに五十年ばかり生きていくのにこれといった理由があるわけじゃない。むしろプログラムみたいなものだ。鋼の男はプログラムどおりに動くんだ。

いや、うまく説明できていないな。じつはずっと言わないでいたことがある。どう話したらいいのかわからないし、本当は考えたくもないんだが、こんな日々が続いていくのかと思うと、たまらない気持ちになるんだ。ずっと前からそうだった。朝、目覚めるたび、夜、ベッドにつくたびに泣きたくなる。もう耐えられない。だが、なんだかんだで耐えてしまうから、泣くこともできない。泣く理由もなかった。

打つ手もない。努力はしたんだ。二度にわたって。一度はナタリーとつきあうことで。一度は車に乗ることで。どっちもうまくいかなかった。現状を変える方法なんてどこにもない。もう二度とこころみようとは思わない。友だちができないなら、それでもいい。そんなものはいなくても生きていける。上《うわ》の空で車を運転して崖から転落しても死ねないんなら、生きつづけるまでだ。ぼくの努力はどっちも負けず劣らずばかげていた。

母さんが心配しているのはわかっていたけど、あまり気にならなかった。母さんがぼくに望んでいるのは、（一）生きていること、（二）普通であることだ。ぼくは生きているし、なにもかも母さんの望みどおりにしようと考えている。それで普通になれなかったとしても、少なくとも普通の人生もどきは手に入る。母さんはぼくが（三）幸せであってほしい、とも願っているが、そればかりは手品師のウサギみたいに帽子からとりだしてみせることはできない。

だからといって、ばかげた振るまいをするわけじゃないし、ふてくされたり、けんかをしたり、麻薬に走ったり、母さんの手製のクッキーやパイを突っぱねたり、学生運動に身を投じたりするわけでもない。ただ自分の部屋に閉じこもって、ひとりで過ごしているだけだ。そんなことは前からよくやっていた。だから、母さんはぼくが不幸のどん底にいるなんて思いもよらない。ちょっと落ちこんでいるだけだと思っている。ナタリー・フィールドとなにかあったんだろうとは察している。前にも言ったとおり、母さんは頭が切れるんだ。とはいえ、若者にありがちな恋の悩みくらいにしか思ってなさそうだ。いまはつらくても、そうやって大人になっていくのよ、よくあることだわ、って。

むしろ父さんのほうが真剣に心配しているようだった。息子になにを望んでいるのか、自分でもよくわからなくなっているみたいだ。本人がそのことに気づいているのかどうかはわからないが、ぼくと話をするとき、なんとなく腰が引けている。ぼくとなにを話したらいいのかわからないんだろう。こっちもそうだ。ふたりともそれをどうすることもできないでいる。だが、それがなんだっていうんだ?

ぼくはひたすらシャワーを浴びた。お湯の流れる音と、もうもうと立ちこめる湯気に包まれていると、本当にひとりきりになれる。マイクやジェイソンといっしょに映画もたくさん観にいった。そのために父さんの車を借りたこともある。父さんもぼくも、車の運転はなるべく早い時期に再開したほうがいいと考えていた。先延ばしにしていても、不安が増すだけだ。はじめの二回は父さんもぼくもずいぶん緊張したが、なんとか乗りきり(これもまた選択的記憶喪失の効用なのかもしれない)、父さんは希望の光を見いだした。オーウェンも救いようのない落ちこぼれってわけではなさそうだ。車をだめにする未成年なんかざらにいる。この年ごろの少年らしいと言えば、言えなくもないじゃないか。

車の運転はなんとかなったが、どうにもならないこともあった。宿題がそうだ。やる意味が感じられないんだ。以前は授業がつまらなければ、先生を言葉でやりこめて退屈をまぎらすことができたが、いまは数学の授業にさえ退屈してしまう。数学は言葉でやりこめられるような科目ではないから、宿題をしていくのをやめ、テストもサボるようになった。数学の上級クラスは受講している生徒が少ないので、あっさり先生にバレて注意を受けたが、ぼくはその場かぎりの返事をするだけだった。先生にはそれ以上どうすることもできない。

ほかの先生は優等生のぼくに慣れきっていて、もう優等生ではなくなっていることに気づかなかった。授業にさえ出ていれば、以前のぼくとはちがうなんて思いもよらないみたいだ。

ぼくが授業をサボることはほとんどなかった。本当はサボりたかったんだ。学校にいると、頭がどうかなりそうだから。授業中はまだいいとしても、休み時間は廊下に生徒があふれだす。だれもが楽しげに会話をかわしているなかを歩くのは苦痛だったし、すれちがったときにむけられる視線も気になった。しかし、学校をサボったところで、どこにも居場所はない。家には母さんがいるし、一日中街をほっつき歩いているわけにもいかない。

そんなこんなで三月が過ぎ、四月も半ばを過ぎた。ぼくは相変わらず霧のなかに閉じこめられていた。霧と映画三昧の日々だ。

ある午後、学校からの帰り道に第一会衆派教会の前を通ったら、外に看板が出ていた。金曜日の夜、市民オーケストラが春のコンサートを行うらしい。ソプラノ歌手はライラ・ボーン。演目は、ロベルト・シューマン、フェリックス・メンデルスゾーン、アントニオ・ヴィヴァルディ、ナタリー・フィールドの作品とあった。

7

美しい名だ。フィールド。目に浮かぶのは、青空の下、夏色の丘に弧を描くように広がる畑《フィールド》だ。あるいは、冬のこげ茶の畑の長い畝が斜めに射す陽光のなかに影を投げかけているさまだ。

胸が痛くなった。信じられないほどの痛みだ。必ずしもきれいな理由ばかりじゃない。半分は嫉妬によるものだ。それも最低の部類の。しかし、どれほど最低な人間になろうとも、自分の浅ましさにあきれはてていようとも、これだけはできないってことがある。

ナタリー・フィールドの作った曲がはじめて公共の場で演奏されるというのに、聴きにいかないわけにはいかない。

だから、教会の前を通りすぎた時点ですでになにがあっても行こうと決めていた。しかし、そうなると、当然ながらひとりで行くことになる。それを思うと、いっそう胸がうずいた。まるでなにかが終わろうとしているみたいだった。意味のあることをするのはこれが最後になるだろう。それはすべてが意味を持っていた過去の最後の切れ端だ。それをきちんと終わらせたら、すべきことはなにも残らない。永遠に。

家に着いたら、手紙が来ていた。ＭＩＴの入学者選抜事務局からの通知だ。この手紙を玄関のチェストの上に置いたのは母さんだが、なにも言わなかったし、なにもきかなかった。

ぼくは部屋に持っていって目を通した。合格通知だ。授業料は全額奨学金を受けられるという。少しは誇らしい気持ちがわいてきそうなものだった。言ってみれば、自分の存在意義が証明されたようなものだ。それなのに、そんな気持ちにはなれなかった。合格通知をもらっても、なにも変わりはしない。奨学金を受けられても、マサチューセッツに住むとなれば、ほかにもいろいろ経費がかかる。どっちみちＭＩＴには行けない。

十日以内に返信するようにとあったが、机の引き出しに通知を突っこんで、それきり忘れてしまった。きれいさっぱりと。どうせなんの意味もないんだから。

金曜日の夜、ジェイソンが映画を観にいこうと誘ってきたが、ぼくは両親と約束があるからと断った。両親にはジェイソンと映画に行くと話した。そういう嘘をいくつもつくようになった。だれも傷つけることのない、なんということもない嘘を。そのほうが真実を話すより面倒がない。映画に行きたくないとジェイソンに言えば、理由を問いつめられただろうし、教会のコンサートに行くなんて言えば、ジェイソンにも両親にも妙なことをするやつだと思われただろう。ぼくばかりが妙なことをするやつだと思われるのはいいかげんうんざりだ。

ジェイソンや両親が教会の看板を見ていれば、ナタリーの名前にも気づいたかもしれないが、そのことでとやかく言われたくもなかった。それにジェイソンならコンサートにつきあうと言いだしかねない。いつも退屈していて、つきあってくれる相手がいれば、なんでもやりたいってやつだから。

だから、嘘をついたほうがずっと楽なんだ。嘘をいくつもつくうちに、まわりの人たちもみんな霧のなかに巻きこまれ、ぼくの姿を見失う。ぼくに触れることもできなくなる。

金曜日の夜に教会へ行くのは変な気分だった。四月の末で、そろそろ暖かくなってきたころだった。暖かくて、風がある。庭には花が咲きみだれ、雲が星を覆っている。教会へむかううちに、なんだか頭がくらくらしてきた。はじめての場所に来て、なんとなく見おぼえがあると感じた経験はだれにでもあるだろう。今回はその逆だった。どこもかしこもはじめて見たような錯覚にとらわれる。週に五日は二回ずつ歩いている道なのに、すべてがいつもとちがって見えた。夜、見知らぬ街に迷いこんだよそ者のような気分だ。ぞっとしたが、ちょっとおもしろくもあった。

いま通りすぎた家の人たちや車ですれちがった人たちが英語ではなく、ぼくの知らない言語を話していたら？　ここが本当に見たこともないよその街で、生まれたときからここに住んでいると思いこんでいたのは、単に頭がおかしくなりかけているせいだとしたら？

ぼくはまわりに目をやり、旅人のような目で木々や家を見た。やっぱりはじめて見たように感じられる。風が顔をなでつづけている。

教会に着いて、ほかの人たちがなかに入っていくのを見たら、急にそわそわと落ちつかない気分になってきた。ぼくはこっそりなかに入った。できることなら四つんばいになりたいくらいだ。そうすれば、人目に触れにくくなる。

古い大きな教会で、ほとんど木造だ。なかはだだっ広くて、薄暗く、天井が高い。なかに入るのははじめてなので、よそ者気分のままでいるのはなんでもなかった。すでに大勢の人が来ていたし、さらに続々と入ってくる。しかし、知った顔は見あたらない。ナタリーがどこに座るのかもわからなかった。たぶん前のほうだろう。

ぼくはいちばんうしろの列の端の席に座った。出入り口とは反対側だし、柱の陰になっていて、ここがいちばん人目につきにくそうだ。だれも見たくないし、だれにも見られたくない。ひとりになりたかった。目に入ったなかでぼくが知っているのは、同じ学校の女子生徒ふたりだけだ。たぶんナタリーの友だちだろう。

席はすっかり埋まったが、教会にいて大声で話をする者はいない。話し声はビーチで聞く波音のように大きくやわらかなノイズに聞こえる。英語でもなく、ほかの何語でもない。ぼくはガリ版刷りのプログラムを読んだ。頭がぼうっとして、現実感がない。完全にこの場から切りはなされたような気分だ。

歌はプログラムの最後から二番目だった。オーケストラはわりとよかった。たぶん。じつはあまり真剣には聴いていなかった。ふわふわした気分のまま、なんとはなしに音楽を楽しんでいた。というより、音楽のおかげでふわふわ浮かんでいられたんだと思う。休憩時間になっても、ぼくは席を立たなかった。

そのあと、ついに歌手が前のほうで立ちあがった。伴奏は弦楽四重奏で、ナタリーがヴィオラを担当していた。これは予想外だった。ナタリーは大柄な中年のチェロ奏者のとなりだったので、その体でほとんど見えなかった。髪が明かりでつやつやと漆黒に輝いているのがかろうじて見えるだけだ。ぼくはまた頭を低くした。指揮者はよくしゃべる人物で、しばらく「わが街の音楽」について語り、この街に生まれた十八歳の若く有望な音楽家兼作曲家について長々と紹介したあと、ようやく口を閉じ、音楽が始まった。

歌手はうまかった。この教会で歌っているだけなんだろうが、声量があって、歌詞とメロディをよく理解していた。

一曲目は「恋愛と友情」という歌で、愛は野バラのようだが、友情はヒイラギの木のようだという、シンプルな詩に曲をつけたもの。きれいな曲だった。集まった人たちもその美しさに聴きいっているようだ。

歌が終わると、拍手がわきおこった。ナタリーはその場に座ったまま目も上げずに険しい顔をしていた。拍手は三曲とも歌いおわってから起こるはずだったんだ。歌手が気まずそうに軽くお辞儀をすると、観客もやっと気づいたらしく、拍手をやめた。

歌手は二曲目を歌った。歌詞は、エミリー・ブロンテが二十二歳のときに書いた詩だ。

富なんてくだらない
愛なんてばかばかしくて笑ってしまう
名誉なんて望んだところで
朝になったら消えてしまう夢でしかない

もしもわたしが祈るとしたら
この唇からもれる祈りはひとつだけ

「この心をときはなち
自由をください」

人生は疾《と》く過ぎゆき　もう終わりも近い
わたしが焦がれるのは
なにものにもとらわれない魂と
生も死も乗りこえてゆける勇気だけ！

ヴァイオリンとチェロは震えるような低音の長い旋律をやさしく奏でた。主旋律は二重になっていて、歌手の声とヴィオラの音色が重なり、競いあう。激しく、どこまでも響きわたるような悲しげなメロディは、最後の歌詞で最高潮に達し、いきなりやんだ。

拍手はなかった。曲が終わったことに気づいていないのかもしれないし、曲が気に入らなかったのかもしれない。あるいは恐れをなしたのかもしれない。

教会全体がしんと静まりかえった。それから、三曲目の「丘にたなびく霞はほのかに」が静かに始まった。涙がこぼれてきた。曲が終わって、拍手が起こり、ナタリーが立ちあがってお辞儀をしても、涙が止まらなかった。ぼくは立ちあがると、信徒席のうしろをまわった。涙で視界が曇っていたので、ほとんど手探り状態だ。それから、夜の闇のなかへ出た。

ぼくは公園にむかった。街灯は大きな光の球のようで、まわりがぼんやり虹色に光っている。涙に濡れた顔をなでる風が冷たい。頭がのぼせてふわふわする。歌手の声が耳を離れなかった。舗道の上を歩いている感じがしないし、だれかとすれちがっても目に入りそうにない。泣きながら通りを歩いているのをだれかに見られても、かまってはいられなかった。

あの歌には燦然《さんぜん》と輝く美しさがあった。それで耐えきれなくなったんだ。あの歌が喚起するありとあらゆるものが一気に押しよせてきたが、そのなかには燦然と輝く美しさもたしかにあった。そのなかに愛もある。それも、本物の愛だ。

あの歌を聴いたとき、ナタリーその人が見えた。ありのままのナタリーが見えて、彼女を愛していると気がついた。

一時的な感情や欲望ではない。星空を見上げるようなものだ。その輝かしさに圧倒され、あらためてその美しさに気づかされる。ナタリーにはこんなことができるんだ。みんながじっと耳を澄まし、ぼくが涙するような歌を作ることができる。それがナタリーだ。それこそがまさしくナタリー自身だとわかったんだ。

だが、同時に胸を刺すような痛みも覚え、こらえきれなくなった。

二ブロックも歩くと、涙は乾いた。そのまま歩きつづけたが、公園の端まで来るころには疲れてしまい、踵《きびす》を返して家にむかった。家まで十五ブロックほどあったが、そのあいだなにを考えていたのか、なにを感じていたのか、ひとつも思いだせない。ただ闇のなかをひたすら歩いていた。永遠にそうしていたような気がしたし、永遠にそうしていられそうだった。ただよそ者のような感覚は消えていた。この世界全体のみならず、空の星にいたるまで、すべてが見慣れたものになり、もとの世界に帰ってきたという気分だ。ときどき暗い庭から新鮮な土や花のにおいがした。そのことだけは覚えている。

角をまがって、ぼくの家のある通りまでやってきた。フィールド家のそばまで来たとき、車が家の前に停まり、フィールド夫妻とナタリーともうひとり若い女性が降りてきた。みんなしゃべっている。ぼくはぴたりと足を止め、じっと立っていた。そこは街灯と街灯の中間で、暗がりにいるぼくによく気づいたものだと思うが、ナタリーがまっすぐこっちにやってきた。ぼくはそのまま立っていた。

「オーウェン？」

「やあ」

「コンサートのとき、見かけたわ」

「うん、きみの歌を聴きにいったんだ」

ぼくは少し笑った。

ナタリーはヴィオラのケースを持っていた。丈の長いワンピース姿で、髪はいまも黒くつややかに見える。表情も明るい。自分の作品を演奏したことに興奮しているんだろう。それから、たぶんコンサートのあとのレセプションでみんなの祝福も受けたんだろうな。目がきらきらして、大きく見える。

「わたしの歌が終わったあと、出ていったでしょ」

「ああ。ぼくを見たのはそのとき？」

「もっと前よ。うしろのほうにいたでしょ？　探していたの」

「ぼくが行くと思ってたんだ？」

「来てくれたらいいなと思ってた。ううん、来てくれると思ってた」

ミスター・フィールドが玄関前の階段からナタリーを呼んだ。

「ナタリー！」

「お父さんは鼻が高いんじゃないか？」

ナタリーはうなずいた。

「もう行かなきゃ。姉さんがコンサートに来てくれたの。あなたも寄っていく？」

「それができないんだ」

言葉どおりの意味だった。だれかに禁じられているわけではないが、そんな気分ではなかった。

「明日の夜に来てくれない？」

ナタリーが唐突に強い口調で言った。

「わかった」

「会いたいの」

ナタリーは同じ口調で言うと、背をむけて、家のなかに入っていった。

ぼくはそのまま歩きだし、家にもどった。

父さんがテレビを見ていた。その横で毛糸刺繍をしていた母さんがたずねてきた。

「短編映画だったの？」

ぼくがそうだと言うと、母さんはさらにたずねた。

「おもしろかった？　なんていう映画？」

ぼくは「さあ」とだけこたえて、二階に上がった。夜の風から出てきて、霧のなかにもどってしまったからだ。霧のなかでは話ができない。真実はなにも言えない。

べつに両親のせいにしているわけじゃない。心理学者が書いた本のなかにも、なんでもかんでも上の世代のせいだと主張するものがあるが、この本もそういう本に思われたなら、ぼくの言い方がまずかった。両親のせいなんかじゃない。たしかにふたりともずっと霧のなかに足を踏みいれていて、真実を知ろうともせず、たくさんの嘘を受けいれてきた。だが、それがどうした？　そうでない人間がいるか？　父さんだって、母さんだって、好きで霧のなかを歩いているわけじゃないし、特別に強いわけでもない。むしろ逆だ。

8

翌日の夜、ぼくはナタリーの家に行った。はじめて訪ねた日と同じで、ミセス・フィールドに家に入れてもらうと、ナタリーは稽古中だった。暗い廊下で待っていると、音楽がやんで、ナタリーが階段を下りてきた。

「散歩に行きましょ」

「雨がぱらついてるよ」

「かまわないわ。外に出たいの」

ナタリーがコートを着ると、ぼくたちは公園へむかった。

ナタリーはまだ興奮して張りつめた表情をしていた。落ちつくまでにはまだしばらくかかりそうだ。

「いままでどうしてたの？」

半ブロックほど歩いたところでナタリーがたずねた。

「とくになにも」

「どこか大学から通知は来た？」

「ああ、一か所だけ」

「どこ？」

「ＭＩＴ」

「なんて言ってきたの？」

「合格ってさ」

「奨学金は受けられるの？」

「うん、授業料のぶんは」

「全額？」

「ああ」

「すごいじゃない！　それで、どうするか決めた？」

「いや」

「ほかの大学からの返事を待ってるの？」

「いや」

「どういうこと？」

「州立大に行くんじゃないかな」

「州立大？　なんのために？」

「学位をとるためさ」

「でも、どうして州立大なの？　ＭＩＴのなんとかって人といっしょに研究したいんじゃなかったの？」

「新入生はノーベル賞受賞者といっしょになんて研究させてもらえないよ」

「新入生だって、いつまでも新入生じゃないでしょ？」

「まあね。ただ行かないって決めたんだ」

「さっきなにも決めてないって言わなかった？」

「決めることなんかなにもないってことさ」

ナタリーはコートのポケットに両手を突っこむと、うつむきかげんにかかとを鳴らして歩きだした。怒っているようだ。しかし、一ブロックほど歩いたところで切りだした。

「オーウェン」

「ん？」

「わけがわからないわ」

「なにが？」

ナタリーには恐れ入る。ぼくの口調はいかにもどうでもよさそうな冷たいものだったというのに、ナタリーはひるまずこたえた。

「ジェイドビーチでのこととかいろいろ」

「ああ、うん。もういいよ」

その話はしたくなかった。あの一件は霧の外に厳然とそそり立っていたが、ぼくは目をそらしていたかった。

「あれからいろいろ考えたの」

ナタリーはかまわず続けた。

「これからのこと、ひととおりこたえは出せたと思う。少なくともほんのしばらく、今後二年のことはね。わたしはだれとも親密な仲にはなりたくなかったの。恋をするとか、体の関係を持つとか、結婚するとか、そういうことはいっさい考えていないわ。まだ若いんだし、しないといけないこともたくさんある。ばかみたいに聞こえるかもしれないけど、本当のことよ。セックスを軽く考えられる人たちもいるんだろうけど、わたしには無理。どんなことも軽くは考えられないの。でもね、わたしたちが友だちになれたのはすばらしいことだと思ってる。恋人同士が抱くような愛もあれば、友だち同士が育む愛もある。わたしたちが築きあげたのはそういう関係だと思ってた。わたしたちは本当の友だちになれたんだ、男と女は友だちになれないって言われてるけど、そんなのまちがいだ、って。でも、どうやらまちがいではなかったみたい。わたしって……理想ばかり追っていて、現実が見えてなかったのね……」

「どうかな」

ぼくは言った。これ以上なにも言いたくなかったが、言葉が口をついて出た。

「やっぱりきみが正しかったんじゃないかな。ぼくがそんな余地のないところに無理やりセックスなんてものを持ちこもうとしてたんだ」

「そうね。でも、まるっきり余地がないってわけでもないのよ」

ナタリーは負けたというようにむっつりした声で言った。それから、険しい声で続けた。

「でも、まさかセックスにこうは言えないでしょ。いまは忙しいから、どこかに行っててちょうだい、でも、二年たったらもどってきてね、なんて」

ぼくたちはさらに一ブロック歩いた。降っているのは霧雨で、顔に当たるのもほとんど感じないほどだったが、雨粒がうなじをつたいはじめていた。

「はじめてデートしたのは十六のときよ。相手は十八歳。オーボエ奏者だった。オーボエ奏者って、みんな頭のねじが飛んじゃってるのね。彼は車を持っていて、ドライブに行くと必ず景色のいいところに車を停めるの。そしたら、あるときいきなり、その、襲いかかってきたのよ。で、こんなことを言いだしたの。『こうすれば、ぼくたちひとりひとりより大きくなれるんだ！』って。もう頭にきちゃって、言ってやったわ。『そうね、あなたはそうかもしれないけど、わたしはそんなにちっぽけな人間じゃないの！』って。それで別れたの。どっちにしても、あの人はクズだったわ。わたしもばかだった。でも、いまなら彼の言ってたこともわかる気がする」

しばらくして、ナタリーが続けた。

「でも、やっぱり……」

「え？」

「無理よね。ちがう？」

「なにが？」

「あなたとわたし。セックスを持ちこんだら、うまくいきっこないわ。でしょ？」

「だね」

するとﾞ、ナタリーが怒った。歩くのをやめて、例の目つきでにらみつける。

「イエスかノーしか言わないのね。なにが決めなきゃいけないようなことはなにもない、よ？　あるでしょ！　わたしの決断が正しかった？　そんなの知るもんですか！　どうしてわたしが決めなきゃいけないの？　友だちなら――そもそもわたしたちが友だちでいられるかどうかが問題だけど――友だちなら、いっしょに決めるものでしょ。ちがう？」

「そうだな。前はふたりで決めてた」

「じゃあ、どうしてわたしに怒ってるの？」

ぼくたちは駐車場の大きなマロニエの木の下に立っていた。枝の下は暗く、雨のほとんどを防いでくれていた。頭上の花が街灯に照らされてロウソクのように輝いている。ナタリーのコートと髪は影のようで、ぼくには顔と目しか見えなかった。

「怒ってるんじゃない」

ぼくは足もとからなにかが崩れていくような感覚にとらわれていた。大地が揺れ、いままさに世界が創りかえられようとしているのに、しがみつけるものはなにもない。

「頭が混乱してるんだ。それだけだよ。なにひとつ理解できないんだ。なにひとつまともにできないんだよ」

「どうして？　なにがあったの？」

「わからない」

ぼくはナタリーの両肩に手を置いた。ナタリーが身を寄せ、腰に手をまわした。

「こわいんだ」

「なにがこわいの？」

「生きていくことが」

ナタリーがぼくにしがみつき、ぼくはナタリーにしがみついた。

「どうしたらいいんだろう？　だって、これからずっと生きつづけなきゃいけないのに、どうやって生きていったらいいのかわからない」

「生きる理由がわからないってこと？」

「たぶん」

「そんなの、このためじゃないの？」

ナタリーはしがみついたまま言った。

「こうするために生きているんでしょ？　自分のために生きればいいの。あなたがしたいことのため。思考をめぐらすひとときのため。音楽に耳を澄ませる時間のため。どうやって生きていくかなんてわかってるじゃない。わかってない人たちの言うことに耳を貸そうとするから、混乱するのよ！」

「ああ、そうかも」

ぼくは震えていた。

「寒いわね。家にもどって、変な味のお茶でも飲みましょ。中国のお茶があるの。気分を落ちつけて、寿命を延ばす効用があるんですって」

「ちょうどいま長生きしたいと思ってたところなんだ」

ぼくたちは家に引きかえした。帰る途中も、台所でお湯が沸くのを待っているあいだもたいしたことは話さなかったと思う。ティーポットとカップを練習用の部屋へ持っていき、東洋風の敷物の上に座った。中国のハーブティーは本当にひどい味だった。口のなかをこすられたようなあと味が残るが、いったん慣れてしまうとくせになる。さっきの足もとの崩れるような感覚はまだ残っていたが、これにも慣れてきた。

「ソーン五重奏曲は完成した？」

ぼくはたずねた。

ナタリーに会うのは八週間ぶりだが、八年も会っていなかったように感じられ、ふたりともはじめての場所に来たかのように落ちつかなかった。

「まだよ。スローパートはできたわ。最終楽章もアイデアは浮かんでるの」

「あのさ、ナタリー。昨夜のきみの作品、あの歌のことだけど、聴いていて涙がこぼれたんだ。ほら、二曲目だよ」

「知ってる。だから、もう一度オーウェンと話がしたかったの。オーウェンとなら話ができるとわかったから。つまり……」

「あれがナタリーの本当の話し方だから、だろ？　あとはただの言葉でしかない」

　ナタリーがまっすぐぼくの目を見つめた。

「オーウェン、あなたのような人に会ったのははじめてよ。ほかの人はだれもわかってくれない。音楽家にさえ、わかってもらえないの。わたし、言葉で伝えるってことが下手なのよ。本当にだめな人間なの。音楽がないと、なんにもできない。いまはね。たぶん音楽をきわめたら、たぶんやり方がわかったら、ほかのこともできるようになるかもしれない。そうしたら、もっと人間らしくなれるかも。でも、オーウェンはもうちゃんとした人間なのね」

「ぼくはサルだよ。人間のまねをしてるだけさ」

「まねだとしても、すごく上手だわ。わたしの知るだれよりも」

ぼくは敷物の上に腹ばいになり、カップをのぞきこんだ。くすんだ黄土色のお茶で、漢方薬の粉が浮いている。

「これが本当に気持ちを落ちつかせてくれるんなら、中枢神経系に作用するのかな。でなきゃ、大脳とか、小脳とか」

「金属たわしみたいな味ね。金属たわしって、気持ちを落ちつけてくれるのかしら」

「さあね。金属たわしなんか食べたことないしな」

「牛乳と砂糖をかけて、朝食にいかが？」

「成人が一日に必要とする五十倍の鉄分が摂れるな」

ナタリーが笑いだし、目をぬぐった。

「オーウェンみたいに話せたらって思うわ。オーウェンがうらやましい」

「ぼくみたいにって、なにか言ったっけ？」

「わたしからは言えないわ。ほら、だって、うまく話せないもの。でも、演奏ならできるわ」

「聴きたいな」

ナタリーは立ちあがり、ピアノの前に行くと、聴いたことのない音楽を弾きはじめた。

演奏が終わったとき、ぼくはたずねた。

「いまのがソーン？」

ナタリーはうなずいた。

「そこに住めれば、面倒はないんだけどな」

「もう住んでるじゃない。ソーンがあなたの住処《すみか》よ」

「ひとりで？」

「たぶんね」

「ひとりはいやだな。自分にうんざりする」

「じゃあ、だれかに遊びにきてもらえばいいじゃない。小さな舟で」

「もう城の王さまごっこはしたくない。ほかの人たちと暮らしたいんだ、ナタリー。前はほかの連中なんて関係ないって思ってたけど、そうじゃない。ひとりでなにもかもやっていくことなんかできないんだ」

「だから、州立大に行くの？」

「だろうな」

「でも、冬にはちがうことを言ってなかった？　学校がいやなのは、なにもかも決められているからだ、目立つ人間があらわれないようにみんなのレベルをならそうとするからだ、って。州立大も同じじゃないの？　規模が大きいだけで」

「全世界が学校みたいなものさ。規模が大きいだけで」

「そんなことないわ」

ナタリーは強情な顔つきになり、ピアノで耳ざわりな不協和音をそっと鳴らした。

「たしかに学校にいるうちはまだなにも決められない。でも、学校を出たら、自分で決めなくちゃいけないわ。まさかこの先なにも決めないでいようなんて考えてないでしょ？　なにも決めないで、まわりにただ流されていくわけ？」

「だけど、まわりに逆らって、人とちがうことをしていくのはもういやなんだ。そんなことをしても、どうにもなりゃしない。みんなと同じようにすれば――」

ナタリーがバーン！とピアノの鍵盤をたたいた。

「ほかのやつらだって、みんなまわりに合わせてる。そうやってまわりになじんで、ひとりにならないようにしてるじゃないか。人間は社会生活をする種なんだ。だったら、ぼくだってそうしちゃいけないことはないだろ？」

「オーウェンにはむいてないわ」

「じゃあ、どうしろっていうんだ？　ソーンにもどって、死ぬまで頭のおかしい隠遁者《いんとんしゃ》みたいに暮らして、だれも読まないようなばかばかしい文を書いてろっていうのか？」

「そうじゃないわ。ＭＩＴに行って、優秀な頭脳を見せつけてやればいいのよ」

「金がかかりすぎる」

バーン！

「三千ドルももらえるというのに、なにが不服なの？」

「最初の四年だけでも一万六千ドルから二万ドルはかかるんだぞ」

「借りるなり、盗むなりしなさいよ。それか、あのばかげた車を売ったら？」

「もうぶっ壊しちまったよ」

ぼくは笑いだした。

「壊した？　車を？　あの事故で？」

「見事にスクラップ行きだよ」

ぼくはばかみたいに笑った。ナタリーも笑いだした。なぜ笑ったのかはわからない。急におかしくてたまらなくなったんだ。なにもかもが。すべてのバランスが崩れてしまい、そのおかげで、ふいにぼくが世界にうまくおさまることができたって感じだった。

「父さんは保険でほぼ全額とりもどしたよ。現金で」

「それよ！」

「それ？」

「それで一年目の経費はまかなえるじゃない。来年のことは来年になってから心配すればいいのよ」

「なんかゴリラみたいだな。ゴリラは毎晩新しい巣を作るんだ。木の上に巣を作って眠る。本当にぞんざいな巣なんだけどさ。毎晩、新しい巣を作るのはつねに移動しているからなんだ。それに、バナナの皮やなにかで汚れるしね。移動しては巣を作るってのは、たぶん霊長類の習慣なんだろうな。移動するたび、ひとつずつ巣を作る。そうやってうまく巣を作れるようになっていく。少なくともバナナの皮は巣の外に放りだすようになる」

ナタリーはまだピアノの前に座って、ショパンの作品を六秒ほど弾いた。十二月に学んでいた『革命のエチュード』だ。

「ごめんなさい、なんだかよくわからなくて……」

ぼくは床から立ちあがり、ピアノベンチにナタリーと並んで座ると、両手で適当に音を鳴らした。

「ほら、ぼくはピアノの弾き方を知らない。けど、ナタリーが弾いてくれれば、音楽を聴くことはできる」

ナタリーがぼくを見つめ、ぼくもナタリーを見つめた。それから口づけをかわした。ただし、つつましく。せいぜい六秒ほどのキスだった。


もちろんほかにもいろんなことがあった。だが、話したかったことはすべて話しつくしたように思う。あのあとも「いろんなこと」が起こったし、いまも起こりつづけている。それこそ毎日新しく作られるゴリラの巣のように。

翌日、ぼくは机の引き出しから奨学金の案内を引っぱりだして、両親に見せ、車の保険金を使ってＭＩＴに行かせてほしいと頼んだ。母さんはひどくとりみだし、すさまじい勢いで怒りだした。まるでぼくがあくどい手を使って母さんをだましたかのような剣幕だ。とてもじゃないが、勝ち目はないと思ったとき、なんと父さんがぼくの味方をしてくれた。

普段はなかなか気づかないけど、こういうことってけっこうあるんだよな。どうせこうなると予想していたことが、予想どおりにはならない。期待していたことは起こらないで、期待していなかったことが起こる。父さんは、ぼくが夏休みにバイトをして、授業料の奨学金を卒業まで受けられるようにがんばるなら、残りは出してやろうと言ってくれたんだ。

母さんは裏切られたと感じたらしく、なかなか賛成しようとしなかったけど、結局はしぶしぶでも承知するしかなかった。というのも、家のことはいっさい母さんがとりしきっているくせに、決定権は男にあるというポーズをいつもとっているからだ。だから、母さんはなにかを決めるときに意見を差しはさんだりはしない。ただし、とくになにも決めなくても日々が過ぎていくなら、そのほうがいいと思っている。そんなわけで母さんにできる抵抗は、ただ怒りを態度で示すことだけだった。父さんがぼくの味方をしてくれなかったら、恐ろしく耐えがたいことになっていただろう。だが、父さんのおかげで、つらくはあったが、なんとか乗りきれた。

母さんは根が温厚な人なので、いつまでも怒りを持続することはできず、五月の半ばには怒っていることを忘れはじめた。その二週間後にはネクタイを買ってくれた。濃い色のストライプのネクタイで、なかなか趣味がいい。東部の大学生はネクタイをして講義を受けるものと母さんは信じているらしい。

ぼくはまた学業に精を出しはじめ、はじめてオールAをとった。インテリになろうと決めたんなら、徹底したほうがいい。夏のあいだはバイコ産業で見習い研究員として働くことになった。

五月と六月は週に数回、ナタリーと会っていた。やばい雰囲気になったときもある。いつも最大六秒でキスをやめられるわけじゃないから。

ナタリーも言っていたように、どっちもものごとを軽く考えられるタイプじゃない。けんかになったこともある。ふたりともいらいらしだすと、それを相手にぶつけてしまうんだ。だが、それも五分と続かない。基本的にはどっちもちゃんとわかっていたからだ。まだ将来を約束できる状態ではないし、約束なしにセックスするのは好ましくない。かといって、愛がなくてはやっていけない。だから、いちばんいいのは、いまのままの関係を続けることだ。それがいちばんいい。

ナタリーは六月の最後の週にタングルウッドへ旅立った。ぼくは駅まで見送りにいった。ナタリーの両親も来ていたので、ばつが悪かった。ミスター・フィールドからはいまだに毒グモ程度にしか歓迎されていないみたいだが、ぼくにも見送りの権利はあるはずだ。プラットフォームにぼんやり立っていたら、ミセス・フィールドが少しだけうしろに下がって、ぼくにもナタリーが見えるようにしてくれた。ナタリーは片手にヴィオラのケース、もう片方の手にヴァイオリンケースとバックパックを持っていて、あまり身動きができない状態だった。客車に乗るステップの上で両親にキスをする。ぼくにはキスをしなかった。ただぼくを見つめてこう言った。

「東部で会えるわね、オーウェン。九月から一年間」

「ソーンでもね。こっちは永遠だ」

列車が動きだすと、ナタリーは汚れた窓のむこうから手を振った。ぼくはサルのまねをしなかった。その場でできるかぎり人間らしく振るまっていた。

訳者あとがき

アーシュラ・K・ル＝グィンは「SF界の女王」とも称されるアメリカの人気作家です。一九六〇年代はじめに作家デビューを果たすと、ハイニッシュ・ユニヴァースと呼ばれる宇宙を舞台にした一連のSF作品で注目を集めるようになり、七〇年に『闇の左手』で権威あるヒューゴー賞とネビュラ賞をW受賞、その人気と評価を不動のものにしました。

その後も斬新な作品を次々に発表し、七三年に『世界の合い言葉は森』でヒューゴー賞、『天のろくろ』でローカス賞、七四年に『オメラスから歩み去る人々』でヒューゴー賞、七五年に『所有せざる人々』でヒューゴー賞とネビュラ賞、『革命前夜』でネビュラ賞とジュピター賞……という具合にひとつひとつあげていったらきりがないほど多くの賞に輝いています。

ル＝グィンの活躍はSFだけにとどまりません。数年前、YAファンタジーの傑作「ゲド戦記」シリーズがスタジオジブリの宮崎吾朗監督によって映画化され、話題になったのは記憶に新しいところです。さらには絵本、詩集、評論といったジャンルでも高く評価されてきました。すでに八十歳をこえているル＝グィンですが、二十一世紀に入ってからも「西のはての年代記」三部作、『ラウィーニア』など、質の高い作品を世に送りだしつづけています。

さて、このたびご紹介するのは、SFでもファンタジーでもない、現代アメリカを舞台にしたみずみずしい青春小説です。原作が発表されたのは一九七六年ですが、カリフォルニアやニューヨークで公民権運動や学生運動がくりひろげられていた時代背景がなんとなくうかがえる点を除けば、ほとんど古さを感じさせません。それはだれもが人生のある時期に――おそらくは思春期に――多かれ少なかれ経験する普遍的なテーマをあつかっているからでしょう。

頭はいいけれど、周囲にうまくなじむことができないオーウェンと、音楽を通してしか自分を表現することができないナタリー。そんなふたりがひょんなことから親しくなり、しだいに心を通わせていきます。だれにもわかってもらえなかった自分をありのままに受けとめてくれる人がいる。それはどれほど心強く、幸せなことでしょう。けれども、高校卒業を間近に控え、将来を見すえなければならない時期に来ているふたりは、おたがいの心地よい関係だけにひたってはいられません。周囲から自分の望まないものを期待される息苦しさと、この先、社会とうまくコミットしていけるのかという不安。思春期ならではの焦燥や衝動のなかで自分を見失い、ときにすれちがったりもします。

青春のせつなさとほろ苦さ、そして希望のつまったこの作品をどうぞ心ゆくまでお楽しみください。

二〇一一年一月　　中村浩美

著者●アーシュラ・K・ル=グィン

アメリカの小説家。SF小説、ファンタジー小説を多数執筆。ヒューゴ賞、ネビュラ賞、ローカス賞など数々の賞を受賞。主なSF作品に『闇の左手』(小尾芙佐／早川書房)、『所有せざる人々』(佐藤高子／早川書房)、ファンタジー作品に「ゲド戦記」シリーズ(清水真砂子／岩波書店)、「西のはての年代記」シリーズ(谷垣暁美／河出書房新社)、絵本には「空飛び猫」シリーズ(村上春樹／講談社)など、翻訳出版された作品が多数ある。

訳者●中村浩美(なかむらひろみ)

愛知県生まれ。YA、ファンタジー作品を中心に翻訳にたずさわる。
主な訳書に『サイレントボーイ』(ロイス・ローリー／アンドリュース・プレス)、「ウルフ・タワー」シリーズ(タニス・リー／産業編集センター)、『ジョナサン・ストレンジとミスター・ノレル』(スザンナ・クラーク／ヴィレッジブックス)、「ハウス・オブ・マジシャン」シリーズ(メアリ・フーパー／小学館)などがある。

画家●菅澤優子

装丁デザイン●チャダル108

YA Step!

どこからも彼方にある国

発　行　2011年2月　初　版
発　行　2013年7月　第4刷

著　者　アーシュラ・K・ル=グィン
訳　者　中村浩美
発行者　岡本雅晴
発行所　株式会社あかね書房
〒101-0065　東京都千代田区西神田3-2-1
03-3263-0641(営業)
03-3263-0644(編集)
印刷所　大日本印刷株式会社
製本所　株式会社難波製本

NDC933　198P　20cm　ISBN978-4-251-06672-5

http://www.akaneshobo.co.jp

YA Dark（全5巻）　NDC933

恐怖と感動の扉が開く。もう、ページをめくる手を止められない……！

1　ゴーストアビー

ロバート・ウェストール 著　　金原瑞人 訳

いわくありげな元修道院に移り住んだマギー一家。マギーだけに闇からの歌声が聞こえ、ありえないものが見えてしまう。修道院はマギーを操ろうとしているのか？　そして家族を守るためにマギーが下した決断とは……。

2　バウンド — 纏足《てんそく》

ドナ・ジョー・ナポリ 著　　金原瑞人・小林みき 訳

継母から「役立たず」と呼ばれ、家の雑用一切を押しつけられている少女シンシン。それでも纏足の痛みに苦しむ姉を気づかい、周囲への優しさを忘れない。そんなシンシンが邪悪な継母や過酷な運命から逃れられる日は来るのだろうか？

3　ソードハンド — 闇の血族

マーカス・セジウィック 著　　西田　登 訳

冬の朝、その男は体から血を抜かれて死んでいた。東欧の深い森の中に、影の女王の勢力が忍び寄っている。ペーターは、村を訪れた流浪の民の少女から、父親がヴァンパイア・キラーの剣を隠し持っていると告げられるが……。

4　ホワイトダークネス（上）
5　ホワイトダークネス（下）

ジェラルディン・マコックラン 著　　木村由利子 訳

シムは南極オタク。空想の恋人は90年も前に南極で遭難したタイタス・オーツ。そんなシムがビクターおじさんに連れられて南極を訪れる。想像を絶する南極の自然、そして予想もしなかった過酷なできごと。オーツを心の支えに、シムは勇敢にもみずからの運命を切り開いていく。そして最後に手に入れたものは……。プリンツ賞受賞作。